LE NOUVEAU

DIABLE BOITEUX.

T. II.

Frontispice

Garneray del.

Baquoy Sculp.

La Folie du Jour.

Dirigé par Madame Subé, Rue de Sorbonne N.º 385.

AN VII DE LA RÉPUBLIQUE.

Imp. par Tardieu Laine, Rue de Sorbonne 24, 38,5

LE NOUVEAU

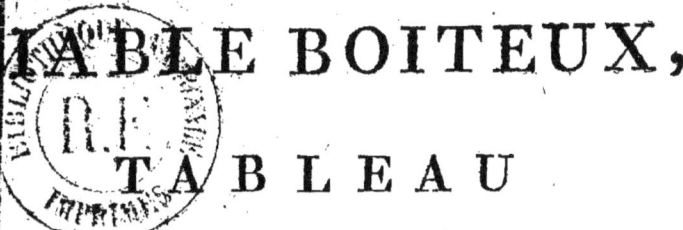

DIABLE BOITEUX,

TABLEAU

PHILOSOPHIQUE ET MORAL

DE PARIS;

Mémoires mis en lumière et enrichis de Notes par le Docteur DICACULUS, de Louvain.

Nonne libet medio ceras implere capaces
Quadrivio ? . . . . . .
JUVENAL.

TOME SECOND.

———

A PARIS,

chez F. BUISSON, Imprimeur-Libraire, rue Hautefeuille, n°. 20.

AN VII DE LA RÉPUBLIQUE.

LE NOUVEAU
DIABLE BOITEUX,
TABLEAU
PHILOSOPHIQUE ET MORAL
DE PARIS, EN 1797.

CHAPITRE XLIX.

LES CIMETIÈRES ET LA DANSE.

Que la sage Helvétie offre un touchant exemple !
Lorsqu'un mortel n'est plus, là, les siens près d'un temple
Vont déposer sa cendre en un bocage épais,
Y plantent des lilas, des roses, des œillets,
Arrosent chaque jour leurs tiges abreuvées :
Il leur semble en ces fleurs, par leurs mains cultivées,
Qu'ils raniment l'objet près d'elles inhumé,
Et respirent son ame et son souffle embaumé.

LEGOUVÉ.

ALLONS nous reposer dans cette campagne. Ils s'éloignèrent d'un vol rapide. Sur le penchant d'une côte, émaillée de fleurs et de

Tome II.   A

verdure, ombragée d'arbres fruitiers, on
apperçoit, à travers ces masses pyramidales
de feuillage, la flèche d'un clocher gothique,
et ses ornemens, en forme de dentelures
triangulaires. Voici le presbytère couvert
de chaume, où la vigne pend en festons......
Une troupe de villageoises en jupons courts,
et de jeunes garçons de village, en bas
blancs, se rendent sous la feuillée mysté-
rieuse, et je crois distinguer les sons aigres
du violon champêtre. — Vous ne vous
trompez point; le bal va s'ouvrir. Avançons.
— Je suis mon guide. Nous sommes parvenus
au pied d'un vallon, qui s'étend le long
de l'église. Une banne, jetée sur quatre
perches, forme le plafond de la scène. Un
chandelier de fer, suspendu à un bout de
corde, en est le lustre. Un marchand de
tisanne dans un coin; plus loin, le garçon
du cabaret avec un broc, voilà les buffets
de rafraîchissemens. L'orchestre est une
vielle. A l'entrée, sur un poteau rouge,
est écrit, sans orthographe, *fax-hall*. Eh!
bien, ces figures sans expression, ces bras
pendans et collés, sans mouvemens, ces
cols roides des jeunes filles, ces trépigne-
mens sans cadence, ces bonds, ces sauts

hors de mesure, ce chamaillis confus, ce bruit qui n'est que du bruit, tout cela a sa joie..... — Mais, qu'avez-vous? Quelle physionomie sombre! Dans quelles lugubres rêveries se plonge votre esprit? — O temps! ô mœurs! ô religion des tombeaux! Regardez où nous sommes. Ce *fax-hall* est un ancien cimetière.... — Eh! mon ami, par-tout vous marchez sur les tombeaux des générations : cette terre qui vous porte, qui se couvre de fruits et de fleurs, n'est composée que des débris de toutes les substances animales et végétales. C'est la mort qui vous nourrit, qui vous ombrage, qui vous donne ces roses et ces fraises. Sans la poussière éternellement féconde de tous les êtres détruits, ce globe n'offriroit qu'un tuf aride, une craie, un sable, une matière vitrée.... Le monde n'est qu'un grand cimetière. — Je ne raisonne point; je suis tout entier au sentiment. Ces enfans dansent sur la cendre de leurs aïeux; ils foulent aux pieds les ossemens de leurs pères.... Le repos de la mort est violé! Toute cette chaîne d'idées, soit religieuses, soit sentimentales, mais, à coup sûr, morales, et par là même respectables, attachée au culte des tombeaux, est rompue; et que

de choses croulent avec elle! Cette mélancolique illusion des cœurs tendres, est dé-
truite. L'ami, qui venoit embrasser l'urne
de son ami; la reconnoissance, qui couvroit
de fleurs celle de la bienfaisance; l'amant,
incliné sur la tombe d'une amante, et pro-
nonçant, avec une idolâtrie religieuse :

On ne me répond pas, mais peut-être on m'entend ;

des enfans, appelant leur mère absente , et
lui tendant les bras, tous ces tableaux n'existent plus ; que dis-je! on n'en soupçonne
pas même l'existence.

Et les leçons de la tombe du génie, de
la tombe de la vertu : elles sont perdues à
jamais! La mort n'instruira plus les vivans.—
Mon ami, je ne reconnois point là votre philosophie.—Je vous répondrois comme Horace:

Ah! pour être Romain, je n'en suis pas moins homme,

—Analysons. — Tant pis. Je sais que l'a-
nalyse est une lumière : mais que cette
lumière est importune lorsqu'elle détruit
un sentiment ! — Vous m'avez tant en-
nuyé par vos dissertations, mon cher bachelier , que j'ai juré de vous le rendre, et
l'occasion est trop belle pour la manquer...

La religion des tombeaux, ainsi que vous l'appelez, tient à la superstition ou à la politique. Remontons à l'origine. La nature qui semble elle - même mourir et renaître chaque année, ces grandes alternatives de stérilité et de fécondité, l'arbre qui se revêt d'un nouveau feuillage, la chrysalide qui s'élance en déployant ses ailes et le front tout brillant de vives étincelles, ces spectacles frappèrent l'homme. Il en consacra la mémoire par des emblêmes : bientôt il en conclut, que si la nature, que si plusieurs parties de la nature reprenoient une nouvelle vie, il devoit lui - même renaître. Ce besoin d'étendre son existence qui lui fait chérir ses enfans et la gloire, l'amour propre flatté caressèrent cette pensée : elle devint un système. Ces emblêmes consacrés au renouvellement périodique de la nature, il les emprunta pour lui-même. Le dogme de la résurrection naquit, et je ne serois pas éloigné de rapporter à cette époque la naissance de la théocratie. Une fois lancée dans les espaces du vague, l'imagination ne doit plus s'arrêter. Là, commencèrent les espérances inquiètes, les illusions fantastiques, les vœux désordonnés : les chimères, les

A 3

monstres de doctrine apparurent et achevè-
rent de troubler une raison déjà égarée. Le
prêtre sembla devenir nécessaire ; il tint dans
ses mains la clef du ténébreux avenir ; les
symboles ne furent plus regardés comme des
symboles, mais comme des réalités. Et ici,
commença une grande révolution dans les
esprits, dans les mœurs , dans les usages,
dans la police , dans les gouvernemens ,
dans les destinées de l'espèce humaine. C'est
à cette époque qu'il faut rapporter la science
des augures, la divination, les épreuves, les
mystères ; ces arts de la superstition, ces
fruits empoisonnés de l'ignorance.

Des philosophes moralistes voulurent s'emparer de cette institution , en créant le
dogme des récompenses et des peines, et le
dogme se liant à l'existence d'un Dieu ,
acheva de pervertir l'esprit sous l'apparence
de guider le cœur.

Dès lors la puissance du prêtre agrandie
dans son principe , dans ses moyens, dans
son but , fut la seule puissance.

Ce qui semble confirmer ces conjectures,
c'est que les plus anciens monumens théo-
cratiques sont des monumens funéraires. De
là cette foule de tombeaux qui retirant

l'homme de celle des autres êtres cherche à tromper, mais ne trompe point la destination à laquelle l'a réservé la nature.

Ce préjugé agrandi par la politique, ennobli par le sentiment, n'en demeure pas moins un préjugé.

Sans doute l'éloquence de la tombe est impérieuse; mais je dirois au politique: honorez davantage la vertu des vivans, et vous n'aurez pas besoin de parer celle des morts. Je dirai à l'homme sensible : ces reliques d'un objet chéri sont précieuses, mais c'est à vous de les recueillir; et d'ailleurs, quand on a perdu ce qu'on aime, on retrouve par-tout sa tombe : on l'emporte dans son cœur.

Ces danses près des tombeaux bouleversent votre imagination. Reste de superstition catholique; ce n'est qu'à ses yeux que la mort est horrible : aux yeux du sage elle n'est qu'un repos. Hobbes l'a dit, c'est un saut dans l'ombre. Les anciens, plus sages, plus près de la nature, dansoient aux funérailles. Cet usage est encore celui de plusieurs peuplades sauvages. La langue même n'avoit point d'expressions tristes, mais philosophiques; un tel a vécu; et ces mots renfermoient une image, un sentiment et une leçon. Toutes les épitaphes antiques la répètent. On lit sur plusieurs tombeaux , il dort ; sur celui d'un charmant adolescent ; « il a éprouvé le sort d'Hylas ; il a été en- » levé par les nymphes ». Les bas - reliefs funéraires, en général, ne présentent que des scènes de volupté et quelquefois pis. Parcourez, pour vous en convaincre , les antiquaires et Winkelmann. Scipion l'Africain ordonna expressément par son testament, qu'on vînt se réjouir sur sa tombe. Oh, mes amis! plantez des myrthes et des lilas sur mon cercueil ; venez boire sous leur berceau et caresser votre maîtresse à l'ombre de ce délicieux feuillage embaumé de son haleine; au bord de cette onde pure qui réfléchit vos baisers, qui murmure vos soupirs, que cet arbre alimenté de ma substance, la racine plongée dans mon cadavre, les rameaux inclinés sur vos têtes , semble alors agité du zéphyr, tressaillir lui-même de volupté(1).—

(1) Dans mes promenades aux environs de Madrid, j'ai vu plusieurs cimetières ; un , entr'autres , m'a frappé : je l'ai retenu ; je le sais, pour ainsi dire , par cœur.

Il est sur une éminence , au centre du village ;

Soit, s'écria le bachelier.... Vous avez raison : et il courut embrasser un petit orphelin qui, dans un coin bien solitaire, pleuroit sur la pierre insensible qui couvroit sa mère.

Il tient à l'église. C'est un quarré parfait ; une claire-voie l'entoure ; un ruisseau coule dans le milieu. Le sol est couvert de violettes, de jasmins, de roses et autres fleurs qui naissent sans culture ; ni cyprès, ni sycomores, ni aucun de ces arbres à *douleur*, à verdure bâtarde, qui semblent appeler le trépas et fixer la mélancolie sous leur ombrage. Des alisiers, des pommiers. Mille pinçons, mille moineaux font leurs nids, font l'amour sur les branches.

Ces oiseaux, ce ruisseau, l'éclat des fleurs, l'odeur des roses, tout rappelle ces jardins, ces berceaux délicieux, ces prairies fortunées, où, selon les anciens, les âmes vertueuses folâtrent, s'amusent et dansent pendant toute l'éternité.

Platon rendoit grâces aux Dieux d'être né à Athènes ; moi, je remercierois l'Être suprême de me rappeler à lui pendant que je suis en Espagne. J'aimerois à reposer dans un de ces cimetières ; j'aimerois à penser en expirant : Quand mes enfans iront pleurer sur ma tombe, ils trouveront de l'ombre ; ils pourront cueillir des roses, faire des bouquets, s'asseoir au bord de l'eau, et manger des pommes (*). (*Note du Docteur.*)

(*) Voyage en Espagne.

CHAPITRE L.

DU BESOIN DES DISTRACTIONS.

On se réjouit : on est donc heureux ? Quelle
erreur ! et quelle différence il y a entre l'alé-
gresse douce et tranquille de l'ame, et cette joie
emportée, spasmodique, si je puis le dire, du
désespoir qui tâche de se distraire de sa misère
et de ses peines ! Allez dans les prisons, vous
en verrez autant.　　　　　　　LANGLE.

LE mobile télescope des observateurs chercha
un autre point de vue. Une nouvelle fête
attira leurs regards. Ainsi le nègre oublie
tous ses maux en dansant, reprit notre dis-
sertateur. Il paraît que la nature humaine
est la même sous les différens degrés de
latitude.

L'homme est un animal qui veut jouir,
a dit Mirabeau. C'est le vœu de toute espèce,
la grande loi de nature. Mais l'homme peut
différer des animaux par le caractère de
ses jouissances. Il ne s'élève guère au-dessus
de leur classe ; il est même beaucoup au-

dessous d'eux, lorsqu'il ne satisfait que ses sens. La plus grande partie de l'espèce humaine en est là. Boire, manger, dormir; dormir, boire et manger; manger, dormir et boire; condition de roi ou d'enfant, disoit Rabelais, c'est la condition générale : c'est le sort des trois quarts des bipèdes à face humaine.

Et ces bipèdes dissertent quelquefois avant de s'endormir, et établissent qu'ils ont une ame.

Ils prennent le mouvement, ou plutôt l'agitation, pour le plaisir, et c'en est un, en effet; mais ce n'est ni le seul, ni le plus grand. Au défaut de leur tête, ils exercent leurs pieds. Une contre-danse leur rappelle qu'ils vivent. Puisque j'ai parlé des jouissances, je ne vous ferai point grâce d'une distinction que j'ai toujours regardée comme très-importante.

Il est plusieurs espèces de jouissances : celles de la nature, celles de l'art, celles des sens, celles de l'esprit, celles du cœur, celles des mouvemens ou de l'inquiétude, ou de la curiosité; celles des passions, de l'orgueil, du caprice, etc.

Il faut placer au premier rang celles qui

sont, à-la-fois, le résultat de la nature et
de l'art; qui satisfont et le cœur et l'esprit,
en parlant aux sens. Tel est l'intérêt inex-
primable qui résulte du spectacle d'une
pièce de Sophocle, de Racine ou de Voltaire.....

Je me suis trompé. Au lieu de chercher
le degré de la jouissance dans la multitude
des sensations, j'aurois dû le placer dans
l'unité et dans la force même de la sensa-
tion, ou plutôt du sentiment. Ainsi, le
regard d'une amante, une larme qui vient
au bord de sa paupière, le sourire de l'enfance, le charme d'une bonne action, le
lever du soleil, et les grands tableaux, où
les grandes émotions, les sentimens doux et
agréables, sont les premières des jouissances.

L'esprit a les siennes. La découverte d'une
vérité est une jouissance bien vive; mais
l'avantage est pour celle du cœur, parce
que cette dernière peut être communiquée
et sentie de tous; l'autre n'appartient qu'à
quelques hommes privilégiés.

J'ai assigné une autre source, celle des
passions. Les passions ont leur siége dans
la tête ou dans le cœur. Il n'y a que les
passions nobles, l'amour, la grandeur d'ame,

la vertu, qui puissent donner des jouissances inaltérables.

Celles de l'orgueil ou du caprice, sont aussi fugitives que misérables.

Restent celles du mouvement, de la distraction. Ces éclairs de jouissances conviennent à l'infortune, au délire, ou au vide de l'ignorance.

Il faut une certaine force de sentiment pour se plaire aux beautés de la nature : il faut une certaine force d'esprit pour se plaire aux beautés de l'art : il faut une certaine force d'ame pour goûter les plaisirs qu'elle donne : il faut une certaine force de caractère pour rechercher ceux des passions. En un mot, toutes ces jouissances supposent un mouvement du cœur ; mais la jouissance uniquement sensuelle, qui résulte d'un dîner, d'un pas de deux, ou d'une illumination, n'éveille qu'une espèce d'attention animale ou machinale, qui occupe l'individu sans imprimer à ses facultés morales un effort.

« La plupart des hommes ne dirigent l'amour de soi, que vers les plaisirs des sens : ils trompent alors l'institution de la nature. Dans ces sérails asiatiques, où sont

rassemblées, à grands frais, les beautés des
quatre parties du monde, les Sardanapales
qui en sont les divinités, sacrifient aux
facultés de leurs corps énervés, les facultés de
leur esprit abruti : et c'est un spectacle bien
singulier pour un philosophe, que de voir
ces ames de boue savourer des plaisirs qu'ils
partagent avec les animaux les plus vils,
tandis que l'ame d'un Newton trouve les
siens à découvrir les loix réciproques des
globes enflammés qui roulent sur nos têtes,
et à devenir, sur la terre, citoyenne des
cieux.

» D'où vient que la volupté des sens,
qui fait descendre l'homme, a-t-elle plus
d'adorateurs que la volupté de l'esprit, qui
l'élève ? C'est que, dans la balance de nos
facultés, la partie animale l'emporte ordi-
nairement sur la partie intellectuelle; c'est
qu'il faut, pour ainsi dire, une force mouvante pour goûter les plaisirs du corps; c'est
qu'il est bien plus aisé d'être voluptueux
que d'être grand (1). »

— Je crois, mon cher philosophe, que
vous avez de l'humeur. Rappelez-vous que
nos maîtres en tout genre, les anciens,

(1) Philosophie de la Nature.

faisoient un cas tout particulier de la danse. (*Vide* Cahusac et Dorat). Je vous ferai grâce des exemples. Je me contenterai de vous rappeler que Socrate ouvrit un bal à l'âge de soixante ans ; que Xénophon, dans un âge avancé, reçut les leçons d'un danseur de Syracuse. Sacrifier aux Grâces étoit l'axiôme de l'antiquité. Ainsi, Thémistocle fut blâmé de ne pas savoir toucher la lyre. Epaminondas jouoit de la flûte, et gagnoit des batailles. Le très-peu sensible Frédéric, surnommé le *Grand,* l'imita. Je n'adopte point cette manie de pédagogue, qui va toujours criant : O temps! ô mœurs! Les précepteurs de la liberté ressembleroient-ils à des curés de campagne, qui défendoient les danses sous l'ormeau? Fénélon fut moins rigide : non-seulement il les permit, mais il s'y mêla.

L'état est-il donc renversé ? Est-ce que des têtes bien frisées conspirent ? Quel désordre une contre-danse a-t-elle introduit dans la république ? Il fut un temps ridicule, où l'on poursuivoit, comme criminels de lèze-nation, des imberbes ou des efféminés, auxquels il ne manquoit qu'un éventail, et cela, sous le prétexte qu'ils ne prononçoient pas les *r*; qu'ils affectoient la coiffure d'un animal; qu'ils se promenoient sur un seul côté du bouleyart, d'un air fat et éventé, et qu'ils prenoient, en minaudant, du sorbet et des glaces. On fut même jusqu'à supposer qu'un feu d'artifice étoit un signal dangereux.

Grâces au ciel, l'inquisition des plaisirs n'est pas encore introduite en France. De toutes les libertés, celle du ridicule y est la plus grande. Le gouvernement crie lui-même :

Chantez, dansez, amusez-vous.

Et en effet, une génération aussi frivole est facile à conduire. On la menera avec un fil aussi léger qu'elle.

Je ne me défie pas, disoit César, de ces visages fleuris, de ce gourmand Crassus, de cet ivrogne Antoine; mais bien de ces figures pâles, stoïques et sévères de Cassius et de Brutus.

Laissez-là votre ton de Juvénal : venez, et dansons.

C'est au son de la *Carmagnole* que les armées victorieuses de la république ont chassé, devant elles, les armées de la coalition.

Le

Le Français est né pour plaire, chanter, danser et vaincre.

Un français est tour-à-tour Achille, Alcibiade et Brutus.

Entrez dans ce palais. Ce matin, on y donnoit la paix à la moitié de l'Europe : ce soir, on y danse.

Un ministre peut être aimable, et n'en demeurer pas moins un grand homme.

Parmi ces graves représentans, celui-ci s'est mis à la tête d'un rassemblement de plaisirs : il a donné une nouvelle constitution de Tivoli : il est restaurateur, non pas de la France ; il traite, et il ne traite pas mal. Ceux-là vont déposer le soir, sous la feuillée, le grave caractère de législateur : des nymphes les y séduisent quelquefois, et leur font faire des faux pas.

Tout danse ; et ce branle général figure celui des destinées et des révolutions humaines. Le commis presse l'ex-duchesse, qu'il a pris pour une fille, et dont la métamorphose est peu sensible. Cette grisette, richement entretenue, les croise, s'appuie sur un négociant, et sourit à un acteur, tandis qu'un clerc lui parle à l'oreille. Le banquier les éclipse tous, et se présente

Tome II.   B

comme un sultan au milieu d'un sérail.
Un pauvre honnête homme, qui tient la
basse dans l'orchestre, reconnoît Jasmin,
et joue : *Ahi ! povero.*

———

CHAPITRE LI.

LA WALSE.

Connoissez tous ces pas, tous ces enlacemens,
Ces gestes naturels qui sont des sentimens ;
Cet abandon facile et fait pour la tendresse,
Qui rapproche l'amant du sein de sa maîtresse.

DORAT.

LA walse commence, continua Asmodée :
c'est-là que la tête tourne véritablement.
Une femme presque nue, coiffée comme
Flore ou Vénus, habillée, ou plutôt désha-
billée comme Psyché, laissant, pour ainsi
dire, tout voir et tout presser, jambe fine,
pied fripon, corsage élégant, main errante,
gorge d'Armide, formes de Callipige, s'appuie sur un jeune homme, à la tête d'Adonis,
aux reins d'Hercule, déployant avec grâce
un jarret infatigable, une cuisse bien tendue,
dont le souple nankin dessine parfaitement
les contours. Ils s'enlacent, ils tournent sur
eux-mêmes avec mollesse et rapidité. La
vigne amoureuse ne serpente pas d'une plus
douce étreinte autour de l'ormeau : le con-

B 2

tact le plus délicieux, le rapport le plus
magnétique s'établit, l'œil brille et s'anime,
la joue se colore, la bouche fleurit et s'ouvre
comme une rose, le cœur bat contre le
cœur, le parfum d'une haleine voluptueuse
vous enivre, le vêtement ondoye et moule
toutes les formes. Les tourbillons de Des-
cartes étoient moins irrésistibles. Une chaleur pénétrante, une invisible attraction
semblent ne former, du couple enlacé, qu'un
seul individu, que le souffle du plaisir agite,
que la volupté caresse de son aile.... Le
sein s'enfle et palpite, le regard languit,
la voix s'éteint, le corps tremble, le pied
chancèle, la fatigue ou le désir précipite
le dénouement. — Tableau bien moral!
Excellente école pour les mères, les épouses
et les jeunes filles! — Au moins, êtes-vous
prévenu par l'affiche. On vous avertit. C'est
le bal de Richelieu : ce roué fameux en
paroît le digne patron. Il y aura thiase,
c'est-à-dire bacchanale, à l'Odéon. Ici, c'est
la grotte de Vénus; là, c'est le berceau de
Flore (1). Voici les bosquets d'Idalie, les cas-
catelles de Tivoli, les ombrages de l'Élysée,
le brillant Bagatelle, la plaine du bois de

(1) Ce n'est pas le berceau des amours.

Boulogne, Mousseaux, ces jardins fréquentés d'Armide et de ses nymphes. On annonce Paphos (1). Si la langue française avoit consacré, par un mot plus délicat, l'abbaye du plaisir, ce titre auroit fait une grande fortune. On vous a donné les équivalens les plus intelligibles.

(1) Paphos est aujourd'hui leur tombeau. (*Note du Docteur.*)

CHAPITRE LII.

IDALIE, TIVOLI, etc.

Le plaisir sied très-bien au sage.
Il ressemble aux vins délicats;
On peut s'en permettre l'usage:
Buvez, ne vous enivrez pas.

VOLTAIRE.

LA volupté semble le génie du lieu. Elle les a touchés, en passant, de sa baguette. Ils respirent la langueur, les désirs. Toutes les passions se sont donné rendez-vous sous ces berceaux. Un art enchanteur les a dessinés, prolongés, suspendus, élevés; leurs détours sinueux, leurs contours ondoyans irritent la curiosité, invitent à la rêverie. Les tableaux du chantre des jardins se réalisent: de Lille lui-même y trouveroit de nouvelles couleurs, des scènes plus piquantes. « Tout ce que la connoissance et l'amour de la belle nature peuvent exécuter pour charmer à-la-fois l'œil, l'imagination, et le cœur, avec du gazon, de la terre, de l'eau, des fleurs, avec toutes les ombres de la verdure, et les différens rayons de la lumière a été exécuté » (1).

(1) Dupaty.

Lisez la description que la voluptueuse antiquité a tracée des jardins d'Adonis, des fêtes de Babylone, des bocages mystérieux qui entouroient à Gnide le temple de cette déesse, et vous aurez une idée de ces fêtes.

D'espace en espace brillent, sous la feuillée, des cordons, des guirlandes, des pyramides, des colonnes, des vases, des aigrettes, des étoiles, des globes, des festons, des gerbes de lumière.

L'art a coloré les tubes qui récèlent ces feux. Ce bosquet paroît éclairé des teintes mélancoliques, pâles, safranées d'une aurore nébuleuse. Là, des rayons de pourpre et d'or retracent l'image d'un soleil du midi; plus loin, de vertes émeraudes pendent à chaque rameau. Cette clarté, vive et rose, semble s'échapper du flambeau de l'Amour, qui veille au fond des bosquets. Des glaces magiques, disposées avec intelligence, doublent, étendent, et prolongent les tableaux et l'enchantement. Tout-à-coup, au sortir d'une allée sombre, des portiques en feu développent leur noble architecture; la flamme a dessiné ces colonnes, ces chapiteaux, ce péristile, cette rotonde.

Entrons. Ici se prolongent les arcades d'un

B 4

cloître gothique; là, s'étend une galerie superbe : les plus riches ameublemens ont décoré l'intérieur de ces salons. Bientôt on y
brûlera, à la manière des anciens, des es-
sences précieuses; bientôt on y multipliera
à-la-fois tous les prodiges de l'optique, de
l'acoustique, de la mécanique. Le plancher
s'élèvera ou s'abaissera sous vos pas; vous
traverserez tout-à-coup un désert ou un
élysée, des automates sortiront des lambris
par des ressorts invisibles, et vous offriront
des fruits ou vous enlaceront de nœuds de
fleurs. Des voix aériennes, des chants magiques, des instrumens délicieux, la harpe,
l'harmonica, feront planer dans le lointain
une mélodie vague, et des échos artificiels
prolongeront, ou affoibliront les ondulations
molles, les vibrations voluptueuses de ces
sons enchanteurs. Bientôt les plafonds repré-
senteront, comme dans le palais de Néron,
un ciel mobile éclairé par un autre soleil,
où des astres de diamans figureront tous
les mouvemens du monde planétaire. Le
luxe n'a plus que ces derniers degrés à
atteindre; il y touche, et bientôt tout
ce que l'imagination des poëtes a créé, sera
réalisé par nos artistes. — Et pour quels dieux

ces temples s'élèvent-ils? Pour une troupe de joueurs, dupes ou escrocs; d'oisifs imbécilles ou vaporeux; de courtisanes corrompues. Je ne vois là qu'un théâtre où des tréteaux de débauche. — Grondeur, revenons dans les jardins.

Des arbres exotiques, les plantes les plus rares, tous les contrastes, de forme, de couleur, de position flattent et surprennent l'œil; des fleurs parfument les airs; des chaumières propices tels que les chalets des montagnes, sont distribuées dans l'espace; des nymphes, comme dans la forêt enchantée, semblent sortir de chaque arbre; ces groupes de charmantes promeneuses et d'élégans spectateurs, qui circulent, se croisent, se pressent, se regardent, se reconnoissent, ressemblent aux fantômes, aux ombres heureuses de l'élysée. Ce demi-jour que versent à travers la feuillée ces étoiles du bocage, les verres de couleur, ajoute à l'illusion et favorise ou multiplie les grâces. Les sons des cors, des hautbois et des bassons retentissent dans le silence de la nuit. Il est troublé par les pas ou par les rires des danseuses, dont la lune éclaire les jeux. Tout-à-coup une vaste détonation se fait entendre.

Mille fusées brillantes ont sillonné les airs, et
traversent l'espace sous la forme d'étoiles et
de dragons, les bombes enflammées versent
sur vos têtes une pluie d'or ou de diamans.
La flamme tombe en cascades, brille en so-
leils, s'épanche en nappes, roule en torrens,
figure des chiffres, des vases, des hommes,
des animaux, des temples, des palais. Ces
feux sortent du sein des eaux, et se colorent
de mille nuances en jaillissant dans les airs.

Toutes ces richesses de la féerie, tous ces
plaisirs, toutes ces fêtes, ces prodiges du
luxe et de l'art que le magnifique sophi de
Perse ne pourroit créer au prix de ses tré-
sors, on se les procure pour un écu.

— Mais lorsque le silence a succédé à ce
tumulte, lorsque la plupart de ces individus,
en apparence si fortunés, sont rentrés sous
leur toit solitaire, ils ne retrouvent que la
misère ou le trouble. C'est un grand mal
que cette soif de jouissances (1), introduites

(1) La dissertation suivante de D. *Bertrand*, est
sans doute un peu lourde, mais pleine de sens.
« Un plaisir fût-il en lui-même innocent et permis,
peut devenir pernicieux et illicite par la manière d'en
user, s'il est trop souvent réitéré ; parce qu'il fait perdre
un temps précieux ; parce qu'il fait contracter une

dans toutes les classes. On ne cherche plus le
bonheur dans ses devoirs. La mère de famille

habitude dangereuse ; enfin parce qu'il allume des
passions déréglées.

Il est d'abord évident que des plaisirs permis de-
viennent criminels si l'on y consume un temps qui
doit être mieux employé, et si, pour en jouir plus
souvent, on néglige les obligations de son état. Nous
sommes comptables aux autres et à la société, de
l'usage que nous faisons de nos forces, de nos talens,
de notre intelligence, de notre industrie, de notre
temps. C'est une dette que nous contractons en en-
trant dans le corps civil qui nous protège. Cette dette
sociale ne permet donc à personne de consumer son
temps et sa capacité dans les amusemens et la jouissance continuelle des plaisirs sensuels. Ce seroit être
infidèle à sa patrie. Si vous ne faites rien pour la
société, qui vous assure vos propriétés et vos jouissances, pour vos semblables, dont les services jour-
naliers, variés, multipliés, vous font jouir de mille
choses, vous êtes coupable d'injustice. Ce n'est pas
assez de payer de votre argent et par votre dépense.
Votre argent étoit déjà dans la société ; il faut payer,
outre cela, de votre personne et de votre capacité.
Non - seulement vous êtes homme et citoyen, mais
vous êtes peut-être, outre cela, homme public,
père de famille, parent, ami : à tous ces égards, vous
avez des devoirs à remplir ; si vous consumez votre
temps et employez vos facultés uniquement dans la
dissipation frivole, dans les vains amusemens et les

et l'épouse se lassent de la vertu de l'écô-
nomie. On rougit d'un vêtement modeste,
il faut revêtir la parure du jour : ces apprêts,

plaisirs sensuels, vous manquez à vos engagemens naturels et sociaux ; vous ne concourez point à l'ordre et
au bien général. Sans cesse votre cœur doit vous
faire des reproches ; jamais vous ne sauriez être con-
tent de vous-même ; vous n'êtes pas digne de l'estime des autres. On commence par la dissipation dans
les plaisirs, et on finit par la corruption.

Qu'un homme s'occupe des devoirs de son état,
il en goûtera certainement mieux les plaisirs qui se pré-
senteront : on est bien plus sensible aux plaisirs qui
servent de délassement, qu'à ceux qui font une oc-
cupation continuelle. Rien n'y rend plus sensible que
le témoignage satisfaisant d'un temps bien employé.
Je vais plus loin ; et je dis encore que tout plaisir
qui pourroit être innocent, devient criminel quand il
est trop souvent réitéré, parce qu'il dégénère nécessairement en habitude, par les dispositions que con-
tractent les organes, les fibres nerveuses, le cours
du sang et des esprits animaux. Ici le physique con-
court avec le moral pour produire l'habitude. L'habitude prise, devient une seconde nature qui com-
mande à des esclaves, ne laissant aucune force à
l'entendement ni à la raison pour gouverner la volonté. Ainsi, du plaisir répété naît le besoin du plaisir ;
besoin factice qui maîtrise l'ame asservie. Mais le désir
reste pour tourmenter le voluptueux.

C'est ainsi que se forme le tempérament qui

leur renouvellement, les dépenses acces-
soires qu'ils entraînent, consument les débris d'un patrimoine délabré, et qu'on né-

n'est point, comme on le pense communément, la
disposition de la nature, mais l'effet de l'habitude
des organes et de la dépravation de l'imagination.
En vous livrant ainsi habituellement au plaisir, non-
seulement vous vous en rendez l'esclave, mais vous
en affoiblissez les douceurs ; vous diminuez, contre
votre intention, le nombre de vos sentimens agréables ;
vous retranchez continuellement de l'intensité des
sensations que vous répétez trop souvent. L'usage,
en effet, trop fréquent de tout plaisir, en rend la
perception plus foible : c'est ainsi que la plupart des
mets paroissent fades à celui qui a accoutumé son
palais aux apprêts de haut goût. Personne ne goûte
plus délicieusement un plaisir (c'est un fait d'expérience.) que celui qui n'y revient pas trop souvent.

Enfin, quel est le partage ordinaire de celui qui
vit habituellement pour le plaisir ? C'est l'ennui. Dans
cet état, il est mécontent de son existence ; la vie
lui paroît, dans beaucoup de momens, un fardeau
pénible. Tout plaisir qui dure trop long-temps, ou
qui est trop souvent répété, traîne nécessairement
après soi les tristes vapeurs de l'ennui, qui habitent bien
plus souvent les palais superbes des grands, que la
maison simple des citoyens laborieux. Jamais on ne
s'ennuie plus qu'après avoir goûté souvent les plaisirs ;
et l'ennui qui les fait rechercher de nouveau, est
plus difficile à supporter que celui qui les suit. Quelle

glige de relever. On abandonne le soin de
sa famille, on vole au bal; et là, tous les
piéges de la séduction entourent l'impru-
dente. Telle, dans le principe, n'a été qu'une
femme légère, qui finit par être une épouse
criminelle. Et comment toutes ces impressions de volupté ne déposeroient-elles pas
des images séductrices au fond des esprits
et des cœurs, lorsque dans la société, l'éducation, les mœurs, les préjugés, les usages,
les spectacles, les romans, les modes, tout
conspire à séduire, à avilir ce sexe enchanteur, dont nous sommes à-la-fois les corrupteurs et les tyrans; lorsque l'opinion qui doit
être une sorte de législation, n'a point encore
flétri l'adultère, lequel, depuis l'établissement du divorce, est devenu un véritable
crime; lorsque les mœurs simples paroissent
un vice, et les mœurs honnêtes, un ridicule;
lorsque nos jeunes filles forment des désirs
dans un âge où les sens ne sont pas encore

est donc la meilleure ressource contre l'ennui? C'est
le travail.

Le travail ne délivre pas seulement de l'ennui, mais
il garantit de la tristesse et de la mélancolie, dont
les plaisirs réitérés ne sauroient guérir celui qui est
enclin à cet état fâcheux. (*Note du Docteur.*)

développés; lorsque l'exemple, le signal de
la plus complette dépravation éclate de toutes parts, lorsque le déshonneur donne la
célébrité, la fortune, des grades, un char,
des palais; lorsque nos modernes Rhodopes
pourroient ériger aussi des pyramides; lorsque nos Socrates modernes courent déifier
Aspasie et Phriné; lorsque nulle institution
morale n'arrête ce torrent de dissolution
universelle; lorsqu'enfin la plus commune
et la plus lucrative des spéculations est celle
dont les produits sont assis sur l'immoralité
et la débauche. Je dirai aux particuliers:
ah! croyez-moi, tous ces efforts de l'art
sont des magnifiques enfantillages, des
puériles labeurs, des niaiseries pompeu-
ses, des pénibles bagatelles. La nature dans
ses moindres jeux, dans ses accidens les
plus ordinaires, développe mille fois plus
de richesses et de variété; mais il faut des
yeux pour voir ses beautés, et un cœur
pour les sentir. Vous admirez une illumination de verres de couleur, mais le lever
brillant du soleil, l'avez-vous jamais con-
templé? mais l'éclat d'une belle journée de
printemps, mais celui d'une nuit d'été vous
a-t-il jamais frappé? Vous parcourez avec

plaisir quelques toises d'un terrein tourmenté, où l'art a distribué des bouquets
d'arbres, des ponts sur le vide, des rochers
avortons, et des cabannes romantiques ; mais
ces sites dessinés à grands traits des mains
de la nature, mais ces forêts de Saint-Ger-
main et de Fontainebleau, la côte pittoresque de Meudon, le Pré-Saint-Gervais,
le bois de Montmorenci, que dis-je ? les
moindres paysages n'ont-ils pas ému bien
plus puissamment toutes vos facultés ? Et
la chaumière du bon villageois, où, près
d'une amie vous avez bu dans la même
tasse un lait frais et délicieux, a-t-elle
moins de charmes que la cabanne où Phriné
vous verse à prix d'or un nectar aussi per-
fide qu'elle ? Et ces danses qu'on appelle
champêtres, ces tourbillons de partenaires
inconnus l'un à l'autre, ces airs d'afféterie,
ces regards où la coquetterie respire, cette
attitude que l'on prend si faussement pour
la volupté, ces pas de Flore, de Psyché
ou du Zéphyre, valent-ils les périgourdines
sous l'ormeau, au son du tambourin et du
flageolet ? Le feu d'artifice le plus brillant
est-il aussi beau qu'un orage ? Les ailes d'un
papillon, d'un insecte, une fleur n'offrent-
elles

elles point des prodiges que le pinceau même de Vanhuysum ne peut rendre. O nature ! nature ! que l'art est foible et petit devant toi ! Quand vous aurez écouté ou regardé la nature, comme tout le reste s'éclipsera à vos yeux !

L'arbre que vous aurez planté de vos mains, le légume savoureux qu'elles auront fait éclore, la fleur dont votre femme ou votre enfant couronneront votre tête, le repas frugal, assaisonné par la gaieté, et que vous aurez savouré, avec quelques amis, sur le gazon ; leurs entretiens, pleins de charmes ; le bruit d'un ruisseau, le chant des rossignols, l'ombre de la prairie, le spectacle des travaux et des plaisirs de la campagne, la pureté des goûts simples, la paix qui les suit, sont, sans doute, préférables à la poussière d'Idalie.

O voluptueux Horace ! précepteur d'épicuréisme ; toi, dont les odes charmantes sont encore le bréviaire de la philosophie et le code du plaisir, tu fuyois avec Mecène, Rome, son luxe, ses théâtres, ses palais ; tu offrois au favori d'Auguste, des fruits et des fleurs, au bord de cette fontaine de Blandusium que tu as célébrée dans des

Tome II.   C

vers aussi doux que son nom, et le courti-
san délicat préféroit ce repas rustique à la
table du maître des Romains. Je dirois
au gouvernement . . . . — Eh bien,
vaste réformateur ? . . . . — Je laisserois,
sans doute, un libre essor à toute espèce d'industrie, au commerce même des voluptés.
Mais je placerois à côté de ces écoles de
dépravation, des théâtres, des institutions,
des fêtes de morale ; l'éducation et la scène
dramatique seroient les mobiles, les léviers
de cette grande régénération. Alors, les
vertus pénétreroient dans plusieurs classes,
et sur-tout dans celle de ce qu'on appelle
peuple. Ces grandes masses de citoyens re-
mettroient en honneur les mœurs républi-
caines. Ces salons charmans, ces jardins enchantés, seroient librement abandonnés aux
histrions, aux prostituées, aux débauchés et
aux oisifs. Au bout de quelques années, on
distingueroit cette classe particulière, comme
une variété de l'espèce humaine, variété remarquable par sa nullité profonde, par la
foiblesse physique qu'elle affecte, emblême
de sa foiblesse morale. — Sérieusement.
— Très-sérieusement ; et si quelque politique
m'écoutoit, je lui dirois à l'oreille : Il n'y a

rien ici, sans doute, à craindre, mais daignez vous rappeler que le règne de Charles II fut préparé et suivi par la dépravation des mœurs en Angleterre. Sachez que Salluste attribue à la dépravation des mœurs, la facilité que Catilina trouva à rassembler des chefs de parti. Sachez que Plutarque assigne la même cause à l'asservissement de Rome et à l'élévation de César.

C 2

CHAPITRE LII.

SUITE DE L'HISTOIRE DU BACHELIER.

LA GROTTE.

—————

Sur-tout du merveilleux ! Sans lui, sans sa magie,
L'esprit désenchanté retombe en léthargie.

DELILLE.

Nous sommes seuls, retirés, comme le
misanthrope, dans un petit coin sombre ;
daignez, mon cher bachelier, reprendre le
fil de votre histoire. Si je me le rappelle
bien, nous vous avons laissé au fond d'un
précipice en entonnoir. Je suis très-curieux
de savoir comment vous sortirez de là. Le
bachelier fit apporter des glaces, et continua le récit de ses aventures, non moins in-
croyables que celles des héros de nos modernes romans.

Je vis une grotte spacieuse et profonde,
que la nature avoit décorée de ses jeux. La
lueur, qui m'avoit d'abord frappé, provenoit
du reflet des congellations suspendues en
lustres, alongées en colonnes, tournées en

pirales, arrondies en vases, étalées en fais-
ceaux, en gerbes; divisées en épis ou en
aigrettes, projetées en éventail, ou group-
pées en buissons, et qui, par un artifice
merveilleux, tapissoient tout l'intérieur de
leur luxe solitaire. La lumière, qui perçoit
par l'entrée de la grotte, imprimoit à ces
tableaux un éclat pâle, mélancolique. . . .
Je revins sur mes pas: j'appelai de nouveau,
mais inutilement. Je fis retentir les airs du
nom de Theresa. . . . . Mes clameurs s'évanouissent dans l'espace. . . . . . Je retourne à
la grotte, désespéré, invoquant la mort. . .
Une réflexion me frappe. . . . Ces cavités, si
elles se prolongent, conduisent, peut-être,
au centre des montagnes: elles ont, sans
doute, une issue dans la forêt. . . . . Je par-
cours alors tous les coins et les détours de
cette enceinte ténébreuse. . . . Elle a plusieurs avenues qui se divisent et se prolongent en rameaux: je me lance dans le premier
qui s'offre devant moi. . . . Je suis bientôt
arrêté par des barrières insurmontables. . . .
Je retrouve les fondemens des rochers,
qui forment les murs de cette enceinte redoutable. . . . Je tombe à genoux; une sueur
glacée inonde mon corps. . . . Mes efforts se

C 3

raniment ; je reviens , j'interroge de nouveau u
chaque route : une seule se prolonge devant
moi ; tantôt elle s'élève , tantôt elle s'abaisse,
quelquefois elle se divise ; je me crois perdu
dans un espace incommensurable ; il se retré-
cit par degrés ; je sens que la voûte presse sur
ma tête : je me traîne à genoux sur un sol
humide , dans les ténèbres , ne respirant
qu'un air épais et fétide, dont les mofettes
me suffoquent : bientôt un air plus frais me
frappe.... Je crois appercevoir la lumière....
O désespoir ! je me retrouve dans la grotte
où je suis entré ; voilà l'esplanade, le torrent , les rochers et leur ceintre effrayant....
Plus irrité des obstacles que vaincu ; n'ayant,
d'ailleurs, de ressources que dans mon courage ; voyant, d'un côté, la mort, et une
mort inévitable , affreuse ; de l'autre , la
nécessité de tout oser, je ramasse une branche
d'arbre , brisée par les vents , je l'allume au
feu de deux cailloux que je frappe, et cette
torche dans les mains, je rentre dans les
sombres profondeurs de la caverne. Je suis
une route opposée à la première ; j'erre
dans un dédale inextricable ; le silence, les
ténèbres, ces lugubres routes , le bruit du
torrent que j'entends dans le lointain , ces

voûtes de glaces qui étincellent en diamans, en prisme, en iris ; le vent qui mugit, le brandon qui répand sur tous ces objets une clarté pâle et vacillante, tout porte à mes sens la terreur..... Elle redouble au moment où je crois appercevoir sur la terre, des pas d'homme.... Je suis ces traces, et mon cœur palpite.... Le chemin s'élargit et porte l'empreinte des efforts de l'art.... Je marche long-temps suspendu entre la crainte et l'espérance.... Je découvre des statues et des inscriptions. Je m'approche; ces statues sont dans le style égyptien : les inscriptions sont écrites en caractères hiéroglyphiques.... Le sens et l'allégorie m'échappent : je me perds dans de vaines conjectures.

C 4

CHAPITRE LIII.

SUITE DE L'HISTOIRE DU BACHELIER.

L'APPARITION.

.....Et je vis quelqu'un se lever devant moi.
APOCALYPSE.

TOUT-A-COUP une de ces statues, c'étoit une Isis, couverte d'un voile, paroît s'ébranler. En effet, une main la soulève, l'écarte; un homme sort d'un réduit dont cette Isis masquoit l'entrée; il m'apperçoit, et son étonnement est égal au mien : il rentre. J'entends le son d'une cloche : on accourt. Quatre hommes, ou plutôt quatre fantômes, m'entraînent en silence : la porte se referme. Je traverse des chambres et des galeries taillées dans le roc : on me dépose dans une enceinte solitaire : on s'éloigne : une herse s'abaisse. Je suis captif, et j'ignore en quels lieux, en quelles mains je suis tombé.... Vers le milieu du jour, la herse se relève : on place près de moi des alimens, dont j'avois grand besoin : on se retire, sans

m'adresser une parole. Le lendemain, je
vis reparoître ce même homme que j'avois
si inopinément rencontré. Il porte, sur ses
vêtemens, des ornemens qui annoncent
qu'il est constitué en dignité; mais ces ornemens sont bizarres. Une foule curieuse
le suit. Je remarque sur leurs habits un
signe : ils se parlent par gestes; cette conversation est animée et rapide. Le chef
leur lance un regard, et frappe la terre du
pied : ils s'éloignent. Cet homme approche
alors de moi; il tient à sa main une lampe.
Je l'observe. Ses cheveux blanchis couvrent
un front sillonné par la méditation; ses yeux
sont noirs et perçans; il a la pâleur d'un habitant des tombeaux : ses joues sont creuses.
Cependant, l'éclair d'un sourire a brillé sur
ses lèvres, et me rassure. Une robe blanche
descend sur ses talons; sa taille est haute,
majestueuse et imposante; sa barbe épaisse
descend, en flocons de neige, sur sa poitrine
enfoncée.... Il penche la lampe vers moi, et
me considère.... Oh qui que vous soyez !
m'écriai-je; vous que je n'ai jamais pu offenser, ne me traitez point en barbare....
Où suis-je? A qui adressai-je mes plaintes?
— Ce n'est point à vous d'interroger : con-

tentez-vous de répondre alors que je vous ferai des questions, et il continue de m'examiner... —Ayez pitié de moi, de ma jeunesse... — Comment avez - vous pénétré dans ces souterrains ? Qui êtes-vous ? D'où venez-vous ? Où se dirigeoient vos pas ? Votre vie dépend du récit que vous allez faire. — Je raconte mes aventures ; il paroît ému.... — Ecrivez ce que vous venez de m'apprendre.... Je saurai, dans peu de jours, si je dois vous croire. Malheur à vous, si vous m'en avez imposé. Il sort. Dix jours s'écoulèrent, pendant lesquels je ne vis ni n'entendis personne. Seulement, on plaçoit, à la même heure, des alimens près la herse, et je les attirois à moi, à travers les barreaux. Le dixième jour, cet homme reparut : il m'appelle ; je le suis.

CHAPITRE LIV.

SUITE DE L'HISTOIRE DU BACHELIER.

LES EPREUVES.

───

.... *Aliis sub gurgite vasto*
Infectum eluitur scelus aut exuritur igni.
VIRG.

J'ENTRE dans une salle, illuminée de
cent flambeaux ; plusieurs personnes, vêtues
comme le premier, étoient rangées sur des
gradins circulaires ; au centre étoit une table
et un siége où le chef prit place. Les murs
sont couverts d'emblêmes et de caractères
indéchiffrables. On m'entoure, on me considère. La conversation par signes et par gestes
commence ; enfin le président de ce concilia-
bule, qu'on prendroit pour un cercle de
magiciens, m'adresse la parole : .... Jeune
homme, vous avez trouvé grâce devant nos
yeux..... Je m'incline, et j'embrasse avec
reconnoissance ses genoux .... Cette grâce,
vous la devez à votre jeunesse, à votre can-
deur, aux vertus que vous avez montrées,

à votre horreur pour la superstition et ses crimes .... J'entendis un murmure favorable dans l'assemblée, et je jugeai que je n'avois plus rien à craindre .... Tout autre auroit trouvé ici la mort : c'est la peine que dans nos mystères nous réservons aux prophanes et aux indiscrets... Mille poignards brillèrent aussitôt devant mes yeux, et furent suspendus en cercle autour de ma tête et sur ma poitrine .... Ces poignards attendent l'infracteur de nos lois .... Dès ce moment vous êtes soumis à nos lois.... Daignez, repris-je en tremblant, m'instruire de ces lois terribles. — Jeune homme, vous devez mériter cette instruction.... elle est le fruit d'épreuves longues et pénibles ; si vous y résistez, vous reverrez la lumière du jour, après avoir été éclairé par celle de l'entendement.... Vous pourrez même concevoir l'espérance de vous asseoir, dans un âge plus avancé, à cette table sacrée. Si vous y succombez, si le courage que donne un cœur pur vous abandonne, alors condamné aux plus vils emplois, vous languirez ici dans une chaîne éternelle, et les ténèbres physiques ainsi que les ténèbres morales, deviendront à jamais votre partage.

On me conduit dans une longue galerie où règne la plus épaisse obscurité ; on
pose à mes côtés une liqueur enivrante ,
mes lèvres s'approchent de la coupe , le
philtre a coulé dans mes veines : un sommeil profond vient enchanter mes sens ;
bientôt l'agitation du délire succède à ce
calme trompeur ; la soif et la faim me dé-
vorent, rien ne s'offre pour l'appaiser. Exténué
d'un jeûne forcé et d'agitation , je tombe la
face contre terre ; alors mille scènes fantastiques sont errantes au devant de mon imagination , une lave de feu semble tomber du
ceintre de la voûte : je crois que tous les
points de mon corps sont embrasés, et que
j'ai revêtu la tunique de Nessus. A cette
clarté je distingue le sol sur lequel je marche,
il me paroît pavé de têtes humaines , des
squelettes sont les cariatides qui supportent
le portique enflammé, une rosée éteint les
flammes : cette pluie est de sang... Des
génies infernaux ont plané sur ma tête ; on
me lie sur une roue armée de pointes ... Je
ne sens nulle impression de douleur, et je
m'apperçois que cette impression n'existe
que dans mon imagination échauffée, mon
courage résiste facilement à ces épreuves

maçoniques . . . . La dernière me fit frémir. . . .
Frappez, me dit mon guide, et il met dans ma
main un poignard ; . . . aveugle, je frappe dans
l'ombre ; j'entends un plaintif gémissement. . . .
Le jour renaît : il éclaire une victime mourante à mes pieds. . . . On l'entoure , on reçoit le sang dans une coupe ; elle circule de
bouche en bouche, et on me la présente. . . . .
C'est assez, dit celui qui présidoit à ces atroces
cérémonies : vous jurez de ne jamais révéler
ce que vous avez entendu et ce que vous en-
tendrez encore ; vous jurez une obéissance
aveugle à votre chef. — Je le jure. — Alors
épanchant la coupe , c'est ainsi que votre sang
sera versé si vous trahissez votre serment. Invisible, mais inévitable , le couteau ailé de
la vengeance vous frapperoit aux extrémités
de la terre.

On me ramena alors dans une chambre
ornée de tout ce qui peut flatter les sens. Le
repos me rendit à moi-même. Je ne conservois
qu'une impression vague, fugitive, confuse ,
de tous les objets que je venois d'entendre ou
de voir. . . . .

CHAPITRE LV.

SUITE DE L'HISTOIRE DU BACHELIER.

L'EXPLICATION.

———

Disce puer............
VIRG.

LE personnage qui avoit déjà paru devant moi vint s'asseoir près de mon lit.... Mon imagination se troubla, et ces scènes affreuses, dont j'avais été le témoin, se retracèrent à mon esprit et le remplirent à la fois de tristesse et d'épouvante..... — Rassurez-vous, jeune homme, me dit-il d'un ton de voix et avec un regard qui me calmèrent, votre vertu nous étoit connue : il nous restoit à nous assurer de votre courage .... Ces épreuves étoient fictives ; tout cet appareil étoit théâtral : il n'y a de véritable que l'intrépidité que vous avez montrée..... Jeté dans une ivresse momentanée par le breuvage que vous avez pris, vous n'avez pu vous appercevoir des ressorts de ces machines effrayantes,

disposées sur votre tête et sous vos pieds.....
Nos statuts exigent cette forme de réception,
mais elle n'est que scénique.......... Cette
pierre de touche nous apprend à démêler le
caractère de celui que nous déclarons membre
de cette association secrète.....

CHAPITRE LVI.

CHAPITRE LVI.

SUITE DE L'HISTOIRE DU BACHELIER.

LES ASSOCIATIONS SECRÈTES.

———

> .... Peuples ! prêtez l'oreille !
> J. B. ROUSSEAU.

LES associations secrètes se partagent la terre (1); c'est du fond de ces antres que sortent les destinées du monde. L'antiquité les

(1) On compte quatre loges mères, savoir : pour l'Orient, Naples ; pour l'Occident, Edimbourg ; pour le Nord, Stockholm ; et pour le Midi, Paris.

Tous les membres y prêtent serment d'exterminer tous les rois de la race des Capétiens ; de détruire la puissance du pape ; de prêcher la liberté des peuples ; et de fonder une république universelle.

Pour n'admettre à leur vaste projet que des hommes sûrs, ils inventèrent les loges ordinaires de maçonnerie, sous le nom de *Saint-Jean*, de *Saint-André*. Ce sont celles que l'on connoissoit en France, en Allemagne, en Angleterre ; sociétés sans secret, dont les pratiques ne servent qu'à donner le change et à faire connoître aux vrais maçons les hommes qu'ils peuvent associer à la grande conspiration. Ces loges, que je pourrois appeler préparatoires, ont

Tome II. D

connut : c'est au sein des sanctuaires d'Osiris
que les législateurs anciens puisèrent les prin-

un but d'utilité réelle ; elles sont consacrées à la
bienfaisance , et elles ont établi entre les différens
peuples des liens de fraternité infiniment estimables ;
aussi , vit-on les hommes les plus vertueux rechercher
avec empressement de pareilles sociétés. Les vrais
templiers ou jacobins , ne tiennent point loge.
Leurs assemblées s'appellent *chapitre*. Il y a quatre
chapitres ; un dans chaque ville , désignée par Jacques
Molai, et composé de chacun vingt-sept membres. Leur
mot d'ordre est *Jakin Boos Mach-Benac, Adonaï
1314* , dont les lettres initiales sont celles de *Jacobus
Burgundus Molai-Beat, anno domini* 1314. Les autres
mots sacramentels sont kadosch , qui signifie *régé-
nérateur*; nekom *vengeance* ; paul kal pharaskal ,
qui met à mort les profanes. Quand ils s'abordent
dans leurs assemblées , ils se prennent les mains
comme pour se poignarder. Ils portent, pour se
reconnoître , un anneau d'or , émaillé de rouge ; et
dans le cas de danger , ils ont sur la poitrine une
croix de Malthe de drap écarlate. Lorsqu'ils entrent
dans une loge , ils ont seuls le droit de traverser
dans le milieu du tapis qui est vis-à-vis le trône.
Tous les francs-maçons des loges ignorent qui ils
sont. (*Histoire secrète et abrégée des Initiés.*)

Si le récipiendaire , mal instruit , accepte sur
la foi de celui qui le prépare à l'initiation , il est
conduit au travers d'un sentier ténébreux dans une
salle immense , dont la voûte , le parquet et les

...cipes de la saine raison.... Les Grecs recueil-
lirent quelques étincelles de ce feu sacré,

...murs sont couverts d'un drap noir, parsemé de
flammes rouges et de couleuvres menaçantes. Trois
lampes sépulchrales jettent de temps en temps une
mourante lueur, et laissent à peine distinguer dans
cette lugubre enceinte les débris des morts soutenus
par des crêpes funèbres ; un monceau de squelettes
forme, dans le milieu, une espèce d'autel ; à côté
s'élèvent des livres : les uns renferment des menaces
contre les parjures ; les autres, l'histoire funeste des
vengeances de l'esprit invisible et des invocations
infernales qu'on prononce long-temps en vain.

Huit heures s'écoulent ; alors des fantômes, traînant
des voiles mortuaires, traversent lentement la salle
et s'abyment dans des souterrains, sans qu'on entende
le bruit des trappes ou celui de leur chûte. On ne
s'en apperçoit que par l'odeur fétide qu'ils exhalent.

Ainsi, l'inicié demeure vingt-quatre heures dans
ce ténébreux asyle, au milieu d'un silence glaçant.
Un jeûne sévère a déjà affoibli sa pensée. Des liqueurs
préparées ont déjà commencé et finissent par exténuer
ses sens ; à ses pieds sont placées trois coupes, rem-
plies d'une boisson verdâtre. Le besoin les approche
des lèvres ; et la crainte involontaire les en repousse.

Enfin, paroissent deux hommes qu'on prend pour
des ministres de la mort. Ils ceignent le front pâle
du récipiendaire avec un ruban aurore, teint de sang,
et chargé de caractères argentés, entremêlés de la
figure de Notre-Dame de Lorette. Il reçoit un cru-

et allumèrent le flambeau qui éclaira le
monde..... Les mystères d'Eleusis, leurs

cifix de cuivre de la longueur de deux pouces (observez que ce sont des luthériens et des réformés qui
font usage de ces images et reliques, si sévèrement
proscrites dans leur culte). On suspend à son col des
espèces d'amulettes, revêtues d'un drap violet. Il est
dépouillé de ses habits, que deux frères servans déposent sur un bûcher, élevé à l'autre extrémité de
la salle. On trace sur son corps nu, des croix avec
du sang; et un esprit vêtu en blanc, lui vient lier
les testicules avec un cordon rose et ponceau. Dans
cet état de souffrance et d'humiliation, il voit s'ap-
procher de lui, à grands pas, cinq fantômes armés
d'un glaive, couverts de draps dégouttans de sang. Leur
visage est voilé; ils étendent un tapis sur le plancher,
s'y agenouillent, prient Dieu, et y demeurent, les
mains étendues en croix sur la poitrine, et puis prosternés la face contre terre, dans un profond silence.
Une heure se passe dans cette pénible attitude. Après
cette fatigante épreuve, des accens plaintifs se font
entendre; le bûcher s'allume, mais ne jette qu'une
lueur pâle, les vêtemens y sont consumés; une figure
colossale et presque transparente, sort du sein même
du bûcher. A son aspect, les cinq hommes prosternés
entrent dans des convulsions insupportables à voir, images trop fidèles de ces luttes écumantes où un mortel
aux prises avec un mal subit, finit par en être terrassé.

Alors une voix tremblante perce la voûte et arti-
cule la formule des exécrables sermens qu'il faut pro-

initiations ont propagé cette doctrine... C'est la souche commune de tous ces grands ra-

noncer. Ma plume hésite, et je me crois presque coupable de les retracer.

« Au nom du fils crucifié, jurez de briser les liens charnels qui vous attachent encore à père, mère, frères, sœurs, époux, parens, amis, maîtresses, rois, chefs, bienfaiteurs, et tout être quelconque à qui vous aurez promis foi, obéissance, gratitude ou service.

» Nommez le lieu qui vous vit naître, pour exister dans une autre sphère, où vous n'arriverez qu'après avoir abjuré ce globe empesté, vil rebut des cieux.

» De ce moment, vous êtes affranchi du prétendu serment fait à la patrie et aux loix ; jurez de révéler au nouveau chef que vous reconnoissez, ce que vous aurez vu ou fait, pris, lu ou entendu, appris ou deviné, et même de rechercher, épier ce qui ne s'offriroit pas à vos yeux.

» Honorez et respectez l'Aqua-Tophana, comme un moyen sûr, prompt et nécessaire de purger le globe par la mort ou par l'hébétation de ceux qui cherchent à avilir la vérité où à l'arracher de nos mains.

» Fuyez l'Espagne, fuyez Naples, fuyez toute terre maudite. Fuyez enfin, la tentation de révéler ce que vous entendez, car le tonnerre n'est pas plus prompt que le couteau qui vous atteindra en quelque lieu que vous soyez.

» Vivez, au nom du Père, du Fils et du St.-Esprit. »

Si le patient se soumet à prononcer devant lui les mêmes paroles, on place exactement un candelabre garni de sept cierges noirs ; à ses pieds est un vase

meaux qui, sous les noms des religions diverses, ont couvert et ombragé le globe....
Vous les trouverez chez les Romains. Pytha-
gore, instruit dans les sciences des brames et
dans celles des hiérophantes de Memphis,
porta la lumière en Italie ... C'est de l'Italie
et de la Grèce que notre Europe l'a reçue:
le reste de la terre est plongé dans l'ombre...

Il est sublime ce dessein, d'un petit nombre
d'hommes, d'éclairer, d'affranchir l'univers,
de briser le sceptre des rois, et la verge du
prêtre ; de ramener les esprits et les cœurs à
la nature... Ce dessein a traversé les siècles...
Il est sous la sauve-garde du génie et de la

plein de sang humain, où on lave son corps ; il en
boit la moitié d'un verre, et il prononce les paroles
fatales. On lui délie ensuite les testicules. Une sueur
froide découle de ses joues livides. A peine il se soutient
sur ses jambes défaillantes. Les frères se prosternent ;
et lui, tremblant, déchiré de remords, jeté dans une
espèce de délire, attend sa destinée. Tels, sans doute,
sont les scélérats revenant du meurtre ; tel Oreste
retirant le couteau des entrailles de sa mère.

J'atteste l'honneur, la vérité, le ciel, que le con-
tenu de ces horribles sermens m'a été révélé par des
personnes égarées dans les ténèbres des Illuminés (*).
(*Note du Docteur.*)

(*) Essai sur les Illuminés. p. 71-77.

vertu.... Le génie et la vertu brillent encore sur l'humanité.... voilà la seule providence.

Tandis que le mouvement est imprimé à l'esprit humain, tandis que, sans le savoir, ouvriers dociles, instrumens sacrés de ces pieux projets, les savans, les artistes, les hommes de lettres, en un mot, tout ce qui pense, répand, propage, sous toutes les formes et sous tous les moyens, ces principes régénérateurs, quelques vieux initiés préparent dans le silence les plans et les mûrissent.... Cette confédération est immense.... Elle a ses racines dans tous les lieux, dans toutes les conditions, et jusque sous le trône et sous l'autel.... Les chefs vivent ignorés... Le bien qu'ils font est leur seul salaire; c'est dans un cœur dévoré du désir d'être utile, exempt de préjugés, affermi, inébranlable, qu'ils puisent ce courage que donne l'amour de la vérité.... Ils se sont répandus en essaims, en torrens, du nord au midi, et du midi au nord... d'abord, sous le nom de Templiers, de Maçons, de Jésuites, et enfin d'Illuminés et de Sectaires. Ils ont attiré à eux tous les esprits ardens, tous les cœurs passionnés.... La division a pénétré dans ces loges; mais semblables aux

D 4

tempêtes qui viennent expirer sur le rivage, ces divisions n'ont point atteint le berceau de l'ordre.... L'ordre, ce nom seul contient tous nos projets, ce berceau sur lequel veillent dans chaque empire des hommes sûrs et généreux, éprouvés par quarante ans de dévouement et de services, est resté inviolable et pur : c'est là que dort encore l'Hercule qui a annoncé son réveil, en étouffant quelques serpens, mais dont les travaux ne sont point encore accomplis.....

En effet, relever vers le bonheur et la nature une tourbe dégradée et pusillanime, enchaînée aux besoins physiques ; remonter contre les préjugés des classes grossières, les intérêts des classes corruptrices, l'entêtement et la vanité des classes à demi-éclairées, dont le savoir est plus dangereux, je n'hésite pas à le dire, que l'ignorance même la plus profonde ; déraciner des abus enlacés dans les institutions, dans les mœurs, dans les manières, dans les usages ; être les Prométhées d'une génération nouvelle, éclairée et vertueuse, ces deux mots seront désormais synonymes, tel est le grand œuvre auquel nous travaillons.

Les prêtres, qui forment une association en

sens inverse, et dont le but éternel est d'enchaîner le genre humain aux pieds de la superstition ; de dégrader, d'abrutir, parce que
l'ignorance est le patrimoine du sacerdoce ;
brigands qui ne vivent que des rapines et des
dépouilles qu'ils ravissent aux foibles dans les
ténèbres ; les prêtres sont nos plus grands
ennemis... Ils s'emparent de l'esprit humain
par les deux anses naturelles qu'il présente :
l'intérêt et la *peur*..... L'intérêt : Ils disent à tous, à l'avare même, Quittez ces biens
périssables pour les biens éternels ; et ils font
luire à leurs yeux le soleil d'un autre monde ;
ils font couler des pieds du trône de l'Eternel
un fleuve d'or, et des délices et des jouissances
dont les images corrompent même les simples :
ils trompent ainsi les imaginations ardentes !..
La peur : Ils égarent les imaginations foibles
en ouvrant sous les pas du dévot pusillanime un abyme de feu, en faisant gronder
sur sa tête la colère d'un Dieu terrible, dont
le tonnerre est la voix, dont la désolation, la
peste, la guerre, la vengeance, sont les
inexorables ministres : tels sont les fantômes
que l'initié admis à nos mystères philosophiques doit braver..... Le breuvage dont
nous l'environs et qui trouble ses facultés, est

l'emblême du poison que le prêtre verse
dans son entendement. Les spectres, les
larves dont il est assailli, représentent les
ombres qui viennent obscurcir sa raison, au
moment où le thaumaturge a attaché sur ses
yeux le bandeau mystique; enfin, notre appareil de réception, qui n'est qu'un jeu
effrayant, retrace l'image des fascinations sa-
cerdotales, que dissipe le premier réveil.
L'éducation fausse et mensongère qui empoisonna vos premières années, qui les voua
au culte de tous les préjugés, c'est-là cette
nuit sombre qui vous couvrit de ses voiles,
et qu'il faut percer pour arriver à la lumière.

Nous vivons au sein des cavernes, mais nos
prosélites, nos auxiliaires, sont au centre
des villes et des campagnes. Les premiers
anneaux de la chaîne sont cachés : la chaîne
s'étend sur tout le globe (1).

(1) Toute association secrète ressemble à une conspiration ; on ne sauroit donc blâmer le gouvernement
de la surveiller, mais il faut donner sur ce point
quelque chose au caractère des membres. Sont-ils
connus pour des hommes éclairés, qu'a-t-il à redouter
d'eux, s'ils n'ont rien à craindre de lui ? L'association
au contraire est-elle formée par des hommes d'un
esprit et d'un caractère corrompus, il importe que

le gouvernement la connoisse à fond. Si on lui en refuse alors l'inspection, sans doute il est des mesures à prendre, mais avec douceur et prudence; car la violence est une folie barbare. Cependant, supposons des hommes vertueux sous un gouvernement dur, ignorant, despotique, oppresseur, voué à la superstition, au fanatisme. Qui donc osera se montrer assez lâche pour les blâmer de vouloir opérer un changement dans un tel ordre de choses? Qui aura le méprisable courage de réprouver le but auquel, dans tous les âges, ont aspiré les belles ames, les grands hommes, les génies vastes? Le tenter ouvertement, ce seroit vouloir détruire ce projet dès sa naissance. Nous supposons qu'alors, et dans un tel but, on recourt aux associations secrètes; si le gouvernement persiste dans ses principes, s'il sévit, de quel côté sera le bon droit? Ah! si quelque chose pouvoit excuser le mépris de quelques têtes supérieures pour l'espèce humaine, c'est cette indécision honteuse! O Socrate! toi qui voulus enseigner aux hommes la raison et la vertu, malgré le gouvernement d'Athènes et ses défenseurs, tu fus un mauvais citoyen, peut-être! Mais où est le vil mortel qui voulût prononcer ta condamnation? où est l'homme digne d'estime qui ne se crût pas honoré d'essayer ce que tu tentas, de vivre et de mourir à ta place? Celui qui laisse l'ordre social comme il est, n'est peut-être pas coupable; il ne l'est pas, s'il a son excuse dans la foiblesse de ses talens ou dans la sincérité de sa modestie; mais celui qui travaille à améliorer son siècle, et sur-tout sa nation, celui-là mérite seul

le nom de vertueux. Quelquefois sans doute, pour le
succès même de ses pieux desseins, il devra préférer
à l'honneur de s'exposer à boire la ciguë, la prudence obscure de mettre, par une marche lente et
secrète, ses projets à l'abri des violences du gouvernement. Mais quelle que soit celle qu'il adopte, l'exemple qu'il donne est louable, son dessein est sublime
et les vœux de tous les hommes sensibles doivent être
pour lui. Cependant, si l'on applique ces principes
généraux aux circonstances modernes, il s'en trouve
de particulières qui changent le point de vue ; à
l'aide des associations secrètes, on peut sans doute
étayer ses desseins d'hommes puissans, c'est-à-dire de
ceux qui influent de quelque manière que ce soit, et
préparer une génération éclairée, en s'emparant
de l'esprit des jeunes gens, toujours attirés par la
curiosité, susceptibles d'enthousiasme, parce qu'ils
ne sont pas encore désabusés des choses humaines,
et seuls vraiment capables de recevoir des vérités
nouvelles, parce que l'amour - propre n'a point
enraciné chez eux la fausse science et les préjugés
tyranniques. Mais dans un ordre de choses où il n'y a
point, où il ne peut y avoir d'esprit public, ces sociétés
sont un glaive que les fripons peuvent employer aussi
bien que les honnêtes gens, et que ceux-là savent infiniment mieux manier, la fourbe et la ruse étant leurs
armes naturelles. Elles conservent à des hommes corrompus la puissance des dons envers ceux que, sous
d'autres formes, leurs séductions ne sauroient atteindre,
et confondent sous un masque commun l'homme sin-
cère et le charlatan. Enfin, l'imprimerie, grâce à la-

quelle il n'est plus de mystère permanent, les liaisons du commerce, les mille moyens de circulation inventés dans ces derniers siècles, et qui donnent tant de ressources nouvelles aux corrupteurs, la multitude des professions qu'ont enfantées les législations modernes, formées de pièces de rapport, et associées aux spéculations de finances, rendent si difficiles à garder le secret confié à une société d'hommes quelconques, qu'on ne sauroit s'empêcher de croire que le temps des associations secrètes et vertueuses est passé; et quand on réfléchit que c'est par une association secrète que la Suède a vu renverser sa constitution................
Quand on réfléchit qu'il est une société qui, très-probablement, a le projet infernal de plonger les hommes dans le cloaque de la superstition, de les enivrer du fanatisme, de les gouverner médiatement par son chef, comme l'imbécille indien du Paraguai; que cette société, entièrement indifférente dans ses moyens, profonde dans ses ruses, inaltérable dans sa patience, infatigable dans sa persévérance, a fait, à une époque si voisine de la catastrophe qui sembloit l'avoir anéantie, des progrès remarquables, on frémit à l'idée des associations secrètes. Voyez comment, chassée au sud de l'Europe, la redoutable société dont nous parlons, prend racine au nord, d'où elle sembloit entièrement bannie! Dans un temps où tous ces mystères d'iniquités étoient moins connus, des hommes éclairés, vertueux, zélés pour le bien de l'humanité, crurent, en Bavière, trouver, dans le sein même des associations secrètes, le remède à leurs abus, à leurs dangers....... Ils calquèrent leur plan dessus celui de la société de Jésus,

mais en se proposant des vues diamétralement opposées.
Les Jésuites veulent enchaîner aux autels de la superstition et du despotisme ; les Illuminés crurent qu'en
employant les mêmes moyens, la prudence, le temps,
la persévérance, ils pourroient tourner contre leurs
adversaires l'avantage de n'avoir aucun rit extérieur qui
les distinguât, aucun chef visible qui pût les dissoudre,
et qu'ainsi rien ne leur manqueroit pour éclairer les
hommes et les rendre heureux et libres. La base de leur
système fut d'attirer à eux des jeunes gens, de les conduire à lire, à s'instruire, à réfléchir. Après les avoir
formés à leurs principes, ils les faisoient entrer dans la
maçonnerie, tâchoient de s'emparer ainsi des loges, et
de faire tourner ces instituts à des choses vraiment
utiles à l'humanité. Il s'agissoit d'en faire un lien universel qui unît un très-grand nombre de gens éclairés
dans les étreintes primitives de fraternité et d'égalité, d'où
résultent l'obligation et la félicité de s'entre-secourir,
de travailler au bien de l'espèce humaine. On pro-
jetoit d'étendre, autant qu'il seroit possible, la
sphère des connoissances, non pas tant en profondeur
qu'en surface ; de faire parvenir les vérités et les connoissances utiles jusqu'à la classe du peuple ; d'y
introduire la raison, le bon sens et une saine connoissance des droits des hommes. L'amélioration du systême présent des gouvernemens et des législations,
étoit le grand but de l'association, par une marche
insensible et sur-tout fondée sur l'instruction. «
Travaillons à répandre les vrais principes, et la
révolution désirée s'opérera précisément de la manière
dont nous pouvons l'ambitionner, lentement, douce-

ment, mais sûrement et sans que les fripons puissent abuser du moyen. Quel est-il, ce moyen ? Le courage d'écrire de grandes vérités, et de les publier par l'impression. Tel est le palladium du bonheur de l'humanité. L'art de l'imprimerie qui rend impossible, du moins à la longue, le maintien des sociétés secrètes, même de celles que forment les fripons les plus rusés, s'oppose aussi sans doute à celles des hommes vertueux ; mais il leur ouvre des ressources mille fois préférables. Employons ce moyen sublime qui a centuplé les forces de l'homme, et donné à l'opinion un empire capable de balancer jusqu'à la puissance armée, servons-nous-en même pour détruire les associations secrètes : la peste y est entrée trop profondément ; il n'en est aucune qui puisse se garantir de l'infame contagion. Peut-être aussi long-temps que les associations secrètes dureront, avec une importance comparable à celle qu'elles ont aujourd'hui, les bonnes têtes et les cœurs généreux doivent-ils y entrer et même chercher à y jouer un rôle actif ? C'est le plus sûr moyen d'en éventer les machinations souterraines, d'en faire avorter les infames complots, et même de les détruire. Je ne saurois agir là où je ne suis point, disoit un homme sage, vertueux, profondément versé dans ces matières. Art tutélaire de l'imprimerie, c'est à toi que cette puissance est réservée ; c'est par toi qu'une voix foible sait se faire entendre d'une extrémité du globe à l'autre ; c'est par toi qu'un ami de la paix peut exterminer plus de brigands que la force n'en a jamais domptés. . . .

MIRABEAU.

« Il se forma, il y a quelques années, en Angleterre, une société de philosophes voluptueux qui ressuscita l'abbaye de Thélême.

» Leurs institutions rapprochoient et combinoient toutes les systêmes, toutes les sectes, et les rapportoient à un seul ; le plaisir.

» C'étoit un mélange de polythéisme, de maçonnerie, de folies, de sagesse : c'étoit le Panthéon d'Epicure.

» Le lieu d'assemblée étoit un temple gothique : on disoit la messe dans un coin, on jouoit la comédie dans un autre : ici des moines, là des arlequins, des nonnes et des filles.

» Il y avoit des initiations, des confessions, des sermons, des danses, des banquets, des chapelles et des boudoirs.

» Les chefs de l'ordre portoient des habits de moine.

» On consacroit à la nature. La reproduction des êtres étoit le culte particulier et le grand œuvre de la société.

» On voyoit, rapprochés en tableau, Jupiter et Jéhovah, Bacchus et Moyse, Vénus et la Vierge, Samonokodom et Jésus, les sept sages de la Grèce et les sept frères Machabées, les douze apôtres et les douze signes du zodiaque, enfin l'histoire de l'ancien et du nouveau testament à côté des métamorphoses d'Ovide.

» Les grands artistes, les savans et les hommes les plus illustres de l'Angleterre, étoient entrés dans cette société. Elle fut cassée et dissoute par un acte du parlement ».

Voilà tout ce que notre érudition a pu rassembler sur les associations secrètes. (*Note du Docteur*).

CHAPITRE LVII.

CHAPITRE LVII.

SUITE DE L'HISTOIRE DU BACHELIER.

L'Utopie, ou l'Île inconnue.

O ubi, campi!
Virg.

Il est même une région heureuse, gouvernée par nos institutions ; mais elle est inconnue au reste des mortels. Les mers, les déserts, les montagnes et une police sévère la défendent de la contagion des mœurs européennes. Ses paisibles habitans ne reconnoissent qu'un culte, celui de la nature ; ils n'ont qu'une loi, celle de la nature ; les mots royaume, maître, domination, esclavage, privilége, etc. etc. etc., ne se trouvent point dans leur langue. Ce petit nombre de mots magiques a suffi pour verser sur notre malheureux univers des torrens de maux : leur absence a laissé naître et croître ces véritables biens trop négligés de l'homme, les seuls

Tome II. E

biens réels, la paix générale, la paix avec les
autres et avec soi-même, la joie, l'innocence,
la santé, le bonheur. Les hommes dont je
vous parle ont une constitution plus robuste
que celle des Européens, leur sang est pur;
il n'est point chargé du levain des vices
d'une foule de générations dégradées : leur
physique a acquis tout son développement,
parce que des préjugés ineptes, des soins
barbares, cette espèce de mutilation sociale,
ne l'ont point arrêté : il y a entre ces corps et
les vôtres cette différence que vous remarquez entre le chêne majestueux des forêts
abandonné à la vigueur de sa sève, au luxe
de ses jets, et la charmille peignée de vos
jardins.

Leurs membres sont agiles et robustes,
parce qu'ils n'ont point été courbés sur des
métiers, ou paralysés dans des fauteuils,
parce que des ligatures en tout sens n'ont
pas enchaîné la vie, parce que leur costume
est de n'en point avoir.... Ceux qui savent
braver l'intempérie des saisons n'ont besoin
ni d'hermines, ni de laines ni de fourrures.
Ils ne sont jamais malades et vivent long-
temps, car ils sont tempérans et n'ont point
de médecin. La fièvre la plus destructrice,

celle des passions, leur est inconnue; leur ordre social n'ayant point introduit tout ce tumulte, tout cet artifice de désirs, de jouis-sances désordonnées; on ne sait ce que c'est qu'ambition, avarice, convoitise.

Leur œil brille de la plus douce expres-sion, l'aimable sourire voltige toujours sur leurs lèvres, la bonté, la divine bienfaisance imprime à tous leurs traits ce caractère inef-fable qu'on ne peut dépeindre. Vos hom-mes d'Europe, obligés de dévorer tant de peines secrètes, tant de passions contrain-tes, de dissimuler tant de vices, de crimes, tant de remords; toujours mal avec les autres et avec eux-mêmes, errans de projets en pro-jets, heureux sans être satisfaits, malheu-reux par la faute de la société et par la leur, occupés sans cesse de la pensée de tromper, de feindre et souvent inutilement; perdus dans je ne sais quels tourbillons qu'ils ap-pellent principes, et qui ne sont que des lueurs fausses, fugitives qui les conduisent d'abyme en abyme; étouffant par des efforts continus la voix irrésistible de la nature et du sentiment, avilis même à leurs pro-pres yeux, lorsque dans la solitude (et voilà pourquoi les trois quarts ont horreur de la

E 2

solitude) ils osent s'interroger; vos hommes
d'Europe, examinez - les bien, ont presque
tous des physionomies d'animaux féroces ou
de bêtes brutes : ce sont des loups et des
tigres, des singes ou des ânes.

Dignes des regards de la nature, qui se plaît
à se peindre dans leur image, purs comme
leur ame ou comme le rayon virginal de l'aube
naissante, miroir fidèle de leur innocente pensée, mélange heureux de force, d'ingénuité
et de grâce, les traits de ces hommes, véritablement hommes, semblent se rapprocher
de ceux que l'imagination poétique donnoit
à des êtres aériens, à des substances céles-
tes. Il y a encore entre eux et vous cette
distance qui sépare le coursier indompté à
l'œil étincelant, aux narines fumantes, au
col superbe, aux jarrets bondissans, du malheureux animal qui, la tête baissée, l'œil
morne, le pied chancelant, les flancs ensan-
glantés sous le fouet, traîne, chétif et misé-
rable, un humble fiacre dans des rues fan-
geuses.

La politique de ces peuples est la morale :
leur morale consiste dans un principe. Aime-
toi dans autrui, fais ton bonheur de celui des
autres; voilà ce principe.

Toutes les législations n'ont songé qu'à
l'intérêt particulier, et de là cette foule de
règlemens, de chaînes, cette suite de longs
efforts, souvent inutiles, tumultuaires et per-
versifs qui n'ont abouti qu'à faire de l'homme
un animal foible et dégradé. Leur législation
n'a point semé les germes de l'inégalité, là
où elle avoit établi l'égalité: leur législation a
pris son point d'appui dans les cœurs, dans ce
principe de bienveillance universelle qui est
le régulateur de l'ordre moral comme l'attraction est le régulateur de l'ordre physique.

C'est là qu'il n'y a point un seul individu
à qui la terre, cette mère commune des
hommes, soit refusée. Chacun y cultive son
champ de ses mains : il n'y a ni ouvriers ni
domestiques. Personne n'a besoin de superflu
et tout le monde possède le nécessaire.

Le père de famille en cheveux blancs est
servi par ses enfans, mais cet honneur n'est
accordé qu'aux enfans vertueux et il est accordé à tous.

Un tribunal, composé de vieillards d'un
autre canton, décide les contestations qui
viennent à s'élever. Elles sont rares et d'une
nature fort étrange : on se dispute, non pas

E 3

un vain titre de propriété, une place, une
préséance, mais l'avantage de servir son
pays, de s'immoler à la cause commune.

L'amour est libre : les grâces, les vertus
semblent consacrer elles-mêmes l'hymenée.
Les cœurs s'éprouvent et s'assortissent, l'aiman qui les attire, la douce et irrésistible
sympathie, est l'aiman qui les retient. C'est
là le véritable amour, et non ce caprice in-
défini, inquiet et vague, ce délire des sens
égarés, du cœur trompé, de l'imagination
pervertie, qui trouble vos sociétés. Chez vous
l'amour n'est que le résultat de je ne sais
quelle foule de nuances fantastiques, il se
mêle à mille idées fausses, de préférence et
d'amour propre; votre sensibilité, à force de
s'exalter, s'égare, se perd dans un océan de
riens; poursuit, et se consume en les pour-
suivant, des chimères, des fantômes d'une
perfection idéale qui fuient devant elle
comme l'eau sous les lèvres desséchées du
malheureux Tantale. Mais là, enfant céleste
de la nature et du sentiment, l'amour ne
vieillit jamais; les années, les peines parta-
gées ensemble, le souvenir des plaisirs, leur
image renaissante aiguisent la pointe de ses
traits : les enfans forment la chaîne indisso-

luble; et cependant volontaire, que portent les époux.

Les enfans sont élevés en commun. Tout appartient à l'état, et rien aux particuliers en propre.

Chacun fait ce qu'il veut, exerce ce qu'il sait, dit ce qu'il pense.

Mais la volonté, l'action, la pensée n'ont qu'un but : c'est la vertu.

Au lieu des ressorts pénibles, compliqués et souvent ridicules des autres législations, qui s'appuient sur des distinctions sophistiques, sur un long échafaudage de principes inconnus aux simples, cette législation n'a eu besoin que de consulter les mouvemens du cœur.

CHAPITRE LVIII.

SUITE DE L'HISTOIRE DU BACHELIER.

INTERRUPTION.

Ex fumo dare lucem.
HOR.

QUELQUES chefs de l'association diffèrent d'opinion. Les uns voudroient que dans les réformations successives, dont les gouvernemens seront frappés, on s'élevât sans système de préparation, et sans observer les nuances, les altérations, l'ordre même, introduit par celui de ces sociétés, à la simplicité de l'ordre de la nature. Magnifique chimère! illusion sentimentale! Les autres, considérant les progrès de la corruption, toujours intimement liés à ceux de la civilisation, se contentent de jeter dans le présent les germes de l'avenir, d'atténuer le mal avant de songer au mieux, de s'élever par des réformes graduelles à la perfection du système politique. Ils placent le succès dans deux opérations, dont la première est en pleine activité; 1°. l'établissement des gouver-

nemens démocratiques ou du moins représen-
tatifs ; 2°. l'instruction.

La première arrache l'homme à la tyrannie
des rois et des prêtres, fonde la liberté ; la
seconde la conserve.

Jeune homme, vous connoissez nos principes. — Je les défendrai jusqu'à mon dernier
soupir. — Vous ignorerez long - temps les
moyens de cette confédération sacrée : sachez
seulement qu'ils sont immenses. Un nouveau
pouvoir s'élève et brisera tous les autres. Ce
pouvoir est celui de la raison.

Cette nuit verra finir votre esclavage !.....
A votre tour vous détruirez celui de vos con-
citoyens. Gardez le plus profond silence sur
tout ce qui vous sera révélé, et obéissez
dorénavant à ce signe que vous montrera,
dans les occasions importantes, la personne
chargée de suivre vos pas, de nous en rendre
compte et de vous transmettre les instructions ;
et il me montra un signe. Ne prenez aucun
ombrage de l'obéissance que nous exigeons
de vous ; vous n'obéirez, par le fait, qu'à la
voix de votre propre conscience, si vous
savez l'écouter. Dès ce moment vous êtes sous
l'empire de la liberté. En disant ces mots,
cet homme vénérable me pressa avec bien-

veillance sur son sein : ses yeux brillèrent de
la plus douce sérénité ; son front me parut
celui du génie ; sa démarche celle d'une divinité supérieure. Je demeurai comme couvert de ses rayons ; ma tête se remplit de
longues rêveries, une flamme inconnue brûla
mon cœur, toutes les puissances, toutes les
facultés de mon être s'exaltèrent : je crus voir
luire un nouveau jour, et vivre d'une autre
vie.

Le sommeil s'appesantissoit sur les yeux
du narrateur.... La nuit étoit aux deux tiers
de son cours, le diable boiteux s'en apperçut :
il transporta le bachelier dans son hôtel, après
lui avoir promis de se trouver à son lever.

———

CHAPITRE LIX.

LES BUREAUX D'AGENCE. — COMME QUOI ON FAIT FORTUNE EN VINGT-QUATRE HEURES.

Environné de grands ballots de vent,
Sa noble main les donne à tout venant.
VOLT.

IL fut exact au rendez-vous. Le bachelier s'habilloit au moment où le diable boiteux lui apparut : en attendant le déjeûné ils ouvrirent les croisées et se mirent à une fenêtre qui donnoit sur la place publique. Plusieurs enseignes frappèrent leurs yeux. — Ici on lisoit : écrivain-*littérateur*, copie les mémoires, etc. ; là, dépôt *odontalgique*, ... plus loin, *académie de coiffure*, perruques dans le *dernier genre* ; et à chaque coin des *restaurateurs-glaciers*. Une enseigne, en lettres d'or sur un fond rouge, et surmontée d'un Mercure volant, attira l'attention du bachelier. Un homme, dont la voix ressembloit à une trompette, disoit à tout venant : *Oui, mes-*

sieurs, *on fait ici fortune en vingt-quatre heures.*

Le charlatanisme, dit le diable boiteux, a passé des treteaux dans les sallons : il plaça lui-même cette phrase ou plutôt cette amorce sur la porte de ces bureaux, qui ont pour enseigne : *Agence d'affaires.*

Comme une araignée tend ses filets dans un coin obscur, pour surprendre les mouches qui voltigent étourdiment, ainsi un ex-procureur, un huissier, un sergent, un avocat sans cause, un intendant réformé, quelquefois une espèce pire encore, s'établit, non pas dans les ténèbres, mais au centre des affaires : affiche sur tous les murs un honnête prospectus, paye les journaux pour l'annoncer, loue un appartement magnifique, s'entoure de commis, et propose des biens à vendre ou à acheter. En général, tenir un biribi ou ces bureaux, sont choses à-peu-près synonymes.

L'espérance et la joie indiscrète, aux yeux troubles, à la démarche légère, conduit une foule d'idiots, de simples, d'avares, de fripons intéressés dans ces académies. Le président a toujours l'air occupé sans rien faire : il est entouré de cartons vides, mais étiquetés avec soin : quelques contrats, noircis à force

d'être feuilletés et usés dans la circulation,
sont devant lui. Ses commis ont ordre de
l'importuner, dès qu'il paroît quelqu'un, et de
lui présenter de nombreux dossiers : c'est
ainsi qu'un fat intime l'ordre à ses gens, dans
je ne sais quelle comédie, de lui apporter
successivement trente billets doux, pendant
une conversation avec sa maîtresse.

CHAPITRE LX.

L'AGENT ET LE GOBE-MOUCHE, DIALOGUE VÉRITABLE.

Vivat Mascarillus fourbum imperator...
MOLIÈRE.

POUR affecter plus de caractère, on se donne une attitude grave, on parle peu ou brusquement.

Cependant, si l'acheteur paroît frappé de l'annonce, si un coup-d'œil échappé, si un mouvement imperceptible a trahi la cupidité, que de soins on prend pour l'enflammer! quelle volubilité d'expression! que d'adresse! que de patelinage! Ecoutez ce dialogue, et ils écoutèrent.

Ce bien sera vendu dans vingt-quatre heures, je vous en préviens : si cela vous convient, décidez-vous. — Mais je voudrois examiner. — Examinez. — Il me faudra huit jours pour prendre conseil, pour obtenir des renseignemens. — Voilà

les renseignemens. — Cela ne suffit pas.
— Il suffit à quelques personnes. — Dans
vingt-quatre heures..... — Le bien sera
vendu. Mais en voici d'autres. — Non, celui-
ci me convient. — Décidez-vous donc. —
Combien vaut-il ? — Tant. — Cela n'est pas
très-cher. — Assurément, très - assurément!
— Permettez-moi de lire les clauses. — Lisez.
Et à chaque phrase ne voyez-vous pas le front
de l'acheteur rougir, ses yeux pétiller de
colère, tandis que l'homme d'affaires taille
négligemment une plume. — Ce mémoire
ressemble à celui d'Harpagon. Les si , les
mais, les car , les restrictions , les clauses,
les charges ; sans parler des tournures obscures ou équivoques, doublent , triplent,
décuplent, centuplent le prix de la vente :
c'est un nid à procès. — Ce sont les conditions. — Je ne les signerai jamais. — J'ai
l'honneur de vous saluer. Songez cependant
à ce que vous laissez échapper. Avez-vous
lu le bail ? Quelles magnifiques redevances.
(Et il les lit en pesant sur chaque ligne.) Tout
en nature : un fermier.... qui paye. Cela est
riche. Et cette avenue qui conduit au château,
plantée d'un double rang de grands ormes. Ils
ont parbleu vingt-cinq ans : je me trompe,

ils ont plus que cela;.....et des eaux superbes, des eaux par-tout; abreuvoir, laiterie
avec jet-d'eau, fontaine dans l'intérieur, bas-
sin dans le jardin, des tuyaux en plomb;
tout cela dans le meilleur état possible.....
Maison avec des appartemens de maître; des
meubles, quelques glaces, quelques tableaux,
eh! mais il y en a d'un grand prix;...... des
Boucher, vraiment. Et cette ferme à une lieue
de votre château ...... la ferme seule, vu le
produit, je ne parle pas de la convenance ,
vu d'ailleurs que les terres sont d'un seul
morceau , la ferme seule vaut le prix demandé .... Dans la chaleur de cette oraison arrive un des croupiers de l'établissement, qui
a laissé son cabriolet à la porte , qui fait
briller à son doigt une bague superbe : il vient
traiter précisément du même objet ; il est
prêt à conclure..... La tête du véritable
acheteur s'échauffe; il entraîne l'homme d'affaires dans l'embrasure d'une croisée , il va
signer. — Vous ferez une bonne affaire. Ma
foi, il étoit temps de vous déterminer. Savez-
vous bien que vous revendrez cet objet avec
un bénéfice de cinquante mille francs. — Vous
croyez? — J'en suis sûr. — Il n'est pas possible. — Je vous dis que j'en suis sûr; je m'en

porte

porte fort. — Voulez-vous vous charger de
l'achat et de la revente? — Très-volontiers:
commençons par la première. — Parlons de
vos honoraires. — Ne parlons pas de cela.
— Mais enfin... — Non, vous dis-je. — Cependant. — Mais non.... — Permettez. —
Cela sera compris dans le pot de vin. — Comment diable, un pot de vin? — Une bagatelle: trois cens louis qui doivent être comptés
avant la signature. — Ah bourreau! triple
corsaire! juif! arabe! — Monsieur, quand
on joue il faut payer les cartes.

Tome II.   F

CHAPITRE LXI.

ʟᴇ Sᴜᴄᴄᴇ̀s ᴅᴇꜱ Aꜰꜰᴀɪʀᴇꜱ.

...................*Nunc omen in auro.*
Oᴠɪᴅ.

Hᴇᴜʀᴇᴜx, trois fois heureux celui qui apporte dans les marchés cette espèce d'examen, et qui se lance au moins avec quelque connoissance sur cette mer, pleine d'écueils. Quelquefois le hasard favorise sa témérité, et s'il est dupe il ne doit accuser que lui-même. Mais combien est à plaindre celui qui, cherchant à utiliser les débris d'une fortune en partie dévorée par la révolution, confie ses intérêts à ces hommes, qui lorsqu'ils n'apportent point dans la gestion des affaires une mauvaise foi insigne, y mettent du moins une précipitation, une légéreté, une incurie bien condamnable. Quelques-uns ont trafiqué des intérêts de leurs cliens, d'autres ont donné des renseignemens faux. On a vu vendre des propriétés qui n'existoient pas.

Tout ce que la ruse tracassière, tout ce
que le démon de l'intérêt peuvent inventer ,
tout ce que peuvent combiner les génies de
la chicane et de l'agiotage réunis ; détours
captieux , pièges de formes, double sens ,
omissions des formalités , délais perfides et
meurtriers, suppositions, soustractions, tout
est mis en usage.

C'est sur-tout sous le règne du papier-
monnoie , cette espèce de richesse volatile ,
que la friponnerie s'est montrée sans masque
et sans frein. C'est alors que le retard des
payemens a été l'objet d'une étude appro-
fondie , et d'un art particulier. La dette dé-
croissoit par mois, par jour, par heure, par
minute. Sous prétexte de ne payer qu'après
les lettres de ratifications on bénéficioit du
décroissement progressif des valeurs: l'époque
arrivée, une chicane , un procès achevoient
de ruiner le malheureux que le hasard avoit
jeté dans cette caverne.

On peut hardiment l'assurer : une lèpre
nouvelle, la peste des procès, infectera toutes
les familles et jusqu'à nos arrières-neveux : si
l'hydre de la friponnerie les assiège, si les
contrats les plus sacrés , dans le fond, présentent dans les formes, des vices et des nul-

F 2

lités, si les clauses obscures ou omises, si les
charges mal expliquées jettent dans toutes les
acquisitions des semences de trouble, d'inquiétude et de ruine, il faut l'attribuer presque toujours, ou à la prévarication ou à
l'ignorance de l'homme d'affaires.

La morale offensée, la justice trompée, le
public outragé, invoquent une loi d'équité
rigoureuse. Ne conviendroit-il pas de faire
supporter à ceux qui ont présidé à la confec-
tion des actes, la perte et les dommages qui
résulteroient des fautes commises dans la ré-
daction des contrats ?

CHAPITRE LXII.

LES VOITURES.

———

Fertur equis auriga neque audit currus habenas.
VIRG.

LE bruit des voitures coupa la parole au satirique ; la conversation changea , et les voitures en fournirent le texte. Un La Bruyère étoit jeté sur une table , le bachelier l'ouvrit négligemment, et tomba sur ce passage.

« L'on entendra parler d'une grande ville où il n'y avoit ni places publiques , ni bains , ni fontaines , ni amphithéâtres, ni galeries , ni portiques , ni promenoirs, qui étoit pourtant une ville merveilleuse. L'on dira que presque tout le cours de sa vie s'y passoit presque à sortir de sa maison pour s'enfoncer dans celle d'un autre. Que d'honnêtes femmes, qui n'étoient ni marchandes , ni hôtelières , avoient leurs maisons ouvertes à ceux qui payoient pour entrer ; que l'on avoit à choisir des dés ou des cartes , et de tous les jeux ; que l'on mangeoit dans ces maisons

F 3

et qu'elles étoient commodes à tout commerce. L'on saura que le peuple ne paroissoit dans la ville que pour y passer avec précipitation : nul entretien , nulle familiarité ; que tout y étoit farouche , et comme alarmé par le bruit des chars qu'il falloit éviter, et qui s'abandonnoient au milieu des rues , comme on fait dans une lice pour remporter le prix de la course ».

Depuis ce temps , quelques abus ont été réformés , les autres sont perfectionnés.

On écrase toujours les passans : les arrêtés de la police protégent en vain les piétons; leur salut dépend de la vigueur de leurs jambes, de leur agilité à fuir , de leur souplesse à glisser , de leur adresse à sauter. Mais les voitures sont délicieuses; la mollesse des ressorts, l'élégance et la légéreté des formes , la recherche la plus exquise , tout imprime à ces machines meurtrières le sceau de la perfection. Les carrosses brillans de l'ancien régime sont relégués parmi les humbles fiacres, le phaéton même a vieilli, et languit sur les places: on l'abandonne aux gens d'affaires , aux courtiers; il devient ainsi l'emblême de leur vol rapide, et quelquefois de leur chute.

Le char antique est le seul qui convienne aux Grecs de la Chaussée-d'Antin ; aux Romains de la rue Denis : les Boulevarts et la route de Bagatelle, ressemblent à la carrière olympique.

Mais on n'y dispute point la palme du courage, de la vertu, de la gloire. Il s'agit de se montrer par ton, par ennui : malheur au militaire blessé, au vieillard infirme, à la femme, à l'enfant qui fréquentent ces routes, et qui arrêtent la marche triomphale d'un polisson ou d'une fille.

F 4

CHAPITRE LXIII.

LES MONUMENS.

—

On dut l'élévation, de l'art, chez les Grecs, à la direction politique de ses moyens. Consacrées uniquement au culte de l'héroïsme , les productions de l'art inspiroient au peuple une vénération religieuse.

WINKELMANN.

UNE odeur fétide s'exhala sous les balais que les garçons de boutique promenoient devant la porte. Alors le bachelier ayant fermé sa fenêtre, s'écria avec amertume; Paris, toujours infect , manque d'eau, et une rivière le traverse! — Mais vous avez les pompes à feu, chef-d'œuvre de mécanisme et de spéculation ; mais le métier de porter de l'eau dans l'intérieur des habitations, offre un moyen d'existence à dix mille hommes enlevés à l'agriculture et aux métiers.

—Qui le croiroit? au dix-huitième siècle, au centre des lumières et des arts, dans le

chef-lieu du globe , ainsi que le disoit Ana-
charsis-Cloots, sous l'administration la plus
éclairée , dans le moment des miracles , et
de la plus haute exaltation du génie national,
nul monument utile.

Blanchir des palais, élever des colosses de
plâtre , des obélisques de planches , des décorations de toiles, sublime emploi des arts !

Et ici, sans parler des fausses idées établies
dans quelques programmes, qui réduisoient
les artistes à décorer des places , où les compositions modernes auroient formé un étrange
contraste avec les pitoyables productions du
siècle dernier , il ne sera pas inutile de parcourir les projets annoncés par quelques
hommes.

Les uns ont proposé de réunir le Louvre
et les Tuileries par une galerie parallèle
à celle du muséum; de prolonger une rue
jusqu'à la porte Antoine , etc. Plan de Per-
rault , projet vaste , intéressant, sous le seul
aspect de l'art.

D'autres ont tracé des cirques, des amphithéâtres, etc...... Mais avant ces magnifiques entreprises , vous êtes - vous occupé
des cloaques, qui formèrent une partie du
luxe de Rome naissante, qui fixèrent l'at-

tention de Tarquin le superbe, consacrèrent
sa mémoire, et dont les débris et la [cons-
truction sont un objet d'admiration] pour
l'artiste qui les visite?

Vous êtes-vous occupé des fontaines? Et
il ne s'agit pas seulement d'élever des rochers
ou de creuser des bassins, de dessiner des
cascades, des fleuves, des dieux marins, des
naïades coiffées de roseaux, des tritons,
jeux charmans de l'imagination, tableaux
poétiques et pittoresques. Je vous demande
un monument plus simple. Qu'une machine
hydraulique éleve et verse de l'eau sur nos
pas dans nos promenades; pour nos plaisirs,
pour tous les besoins domestiques, dans l'intérieur des habitations; dans les rues, pour
entretenir leur propreté. Si j'étois administrateur, ou si j'avois l'honneur de gouverner
un état, je préférerois l'artiste qui feroit
couler un pouce d'eau de plus, à l'artiste qui
m'offriroit le plan d'un arc de triomphe.

Vous êtes-vous occupé des marchés, et
que votre délicatesse n'en murmure pas, des
marchés à la viande, aux poissons, aux lé-
gumes, aux draps? etc. C'est-là qu'il convient de multiplier les percées pour la circulation de l'air, les portiques pour la commo-

dité des vendeurs et des acheteurs, les fontaines pour les besoins et la salubrité.

Artistes, vos compositions sont pittoresques, je vous admire ; mais, si à ce
mérite, vos ouvrages joignoient un grand
caractère d'utilité, j'attacherois sur vos fronts
un laurier patriotique.

———

___

CHAPITRE LXIV.

LES JEUX.

___

..............*Incubat auro.*
                          VIRG.

ET les maisons de jeux sont embellies, et le goût a décoré leur magique enceinte, et les tripots sont en quelque sorte des monumens! C'est le salon d'Apollon, ou plutôt de Mercure. Vous y trouvez des femmes qui n'ont rien à perdre, et des hommes qui ont tout à gagner.

Il en est des joueurs comme des filles: la police protège leurs rassemblemens pour assurer le repos du reste de la société. Elle connoît du moins ces cavernes; fermez-les, et ces brigands se réfugieront dans l'intérieur des maisons, porteront au sein des familles honnêtes le trouble et la désolation. Il en est comme des eaux impures auxquelles il faut tracer un lit d'écoulement: sans cette précaution, elles se déborderoient ou infecteroient les environs.

On prétend qu'il y a un impôt particulier assis sur ces maisons. C'est connoître le génie des finances et celui de Paris ; l'impôt assis sur les vices doit être le plus productif.

———

CHAPITRE LXV.

LE CABINET LITTÉRAIRE.

LES AUTEURS.

La règle d'un voyageur célèbre étoit de rechercher les gens de qui il entendoit faire le
plus de ces médisances qui font soupçonner
du mérite. Il a attesté que presque toujours
cette méthode lui avoit réussi, et qu'il n'avoit
jamais été si heureux à former des liaisons utiles
et délicieuses, qu'avec les personnes que l'envie
attaquoit le plus fortement, et que c'étoit communément ce qui valoit le mieux dans la ville.
[*Considérations sur le génie et les*
mœurs de ce siècle.]

LA fenêtre se rouvrit : on plongeoit sur un
cabinet littéraire.

Vous vous rappelez, sans doute, dit Asmodée, cette scène de comédie, où huit
femmes arrivent successivement, s'embras-
sent, s'accueillent, déchirent les absens,
se retirent l'une après l'autre, et essuient en
se retirant, les sarcasmes et la critique dont
elles ont chamarré les voisines.

Cette scène se répète tous les jours entre les auteurs.

Les artistes et les auteurs ont autant de coquetterie que les femmes ; plus d'amour-propre peut-être. Ajoutez qu'ils sont pressés par un aiguillon de plus : la nécessité. Pour les trois quarts d'entre eux, le talent est non-seulement un moyen de plaire, il est encore un moyen de vivre.

Ils se déchirent comme des oiseaux de proie.

— Je suis tenté de rapporter cette malig-nité qui caractérise les auteurs, à une maladie d'esprit, à un travers que développe la na-ture de leurs études.

Cette société intime que la lecture éta-blit entre eux et les génies de l'antiquité, dispose leur ame, sinon à l'élévation, du moins à la fierté. Ils s'identifient avec leurs modèles, ils s'attendent aux hommages de l'univers. En se comparant aux autres hommes, leur orgueil redouble. Ils s'ap-perçoivent, mais trop tard, que le monde qu'ils habitent n'est pas celui que compo-soit leur imagination. Elle retombe avec amertume sur la triste réalité. Les honneurs, la fortune, sont trop souvent le prix du vice,

de la corruption, de la bassesse. Ces degrés honteux sont les seuls qui mènent à
la considération. Les talens, la vertu sont
délaissés : trop heureux s'ils ne sont pas
accablés du poids du mépris ou des persécu-
tions. Dans l'ordre des sociétés un poëte, qui
n'est que poëte, paroît de toutes les inuti-
lités la plus grande. Dans cet abandon, leur
esprit s'aigrit. Les uns grandissent et les
autres s'avilissent au sein de l'infortune.
Trop d'entre eux ont montré une ame commune avec un esprit peu commun.

Leur vanité mécontente, leur intérêt
blessé se tourne en haine, en jalousie; une
irritabilité excessive, nourrie par leur état
d'exaltation habituelle, les y dispose. La
gloire est le seul bien qui leur reste : ils
n'en souffrent point le partage. Ils devien-
nent envieux. Hélas! ce penchant est naturel à l'homme : on le remarque même
dans les animaux, qui s'irritent des préfé-
rences accordées à d'autres.

Et pourquoi ajouter ce tourment volontaire à ceux dont leur extrême susceptibilité
les rend à chaque instant victimes?

La société les accable et les repousse presque toujours, parce qu'ils semblent former
une

une classe à part, et hors de sa société, qui ne subsiste que par l'action, qui ne considère que le génie de l'action. Le génie de la méditation n'est rien à ses yeux : les résultats qu'il donne ne sont ni assez prompts, ni assez proches. Il y a plus. Cette supériorité du talent ou de la vertu, blesse le commun des hommes. L'amour-propre d'un auteur est combattu directement et indirectement par tous les autres amours-propres, et c'est-là ce qui donne de la pointe et du trait à sa malignité.

D'ailleurs, par un vice de notre éducation primitive, on apprenoit à écrire avant d'apprendre à penser. On s'est plus occupé du canevas des formes, que du fond des idées. Le prix d'honneur, à l'Université, n'étoit pas donné au plus habile dialecticien, mais au plus éloquent rhéteur. Il faut l'avouer, si la philosophie ne dirige point l'étude des lettres et des arts, cette étude, réduite à celle des mots sans les choses, devient bien frivole.

Les auteurs, vraiment philosophes, sont indulgens par habitude et par système : ils connoissent les difficultés de l'art ; ils vous savent gré des efforts que vous avez faits

Tome II.

pour les vaincre; ils applaudissent à l'intention, lorsqu'ils ne peuvent applaudir à l'exécution. Les auteurs qui ne sont que des écrivains, sont des enfans qui se disputent des hochets ornés de grelots....

Dans ce moment, une grande rumeur troubla le silence du cabinet.... Il s'agit, sans doute, de quelques hochets à grelots, dit le bachelier. — Précisément. Ecoutons. — Quoi! Varus n'a point de génie? — Non. — Quintilien n'a point de goût? — Non. — Flaccus n'a point de verve? — Non. — Pison n'a point l'*os magna sonaturum?* — Non. — Ménandre ne répand pas, sur toutes ses compositions, une élégance continue? — Eh! non. Varus place l'énergie dans le tour plutôt que dans la pensée : il affecte des expressions insolites; il me donne une indigestion d'élipses. Pour Quintilien, il n'a point ces écarts. C'est une eau pure, dit-on : c'est un filet d'eau; il va terre-à-terre; il n'a que des pensées communes et des tours communs. Ni trait, ni physionomie. Flaccus est la moitié d'un poëte; il versifie avec facilité, avec trop de facilité; il sait ses vieux auteurs; il s'habille assez bien de leurs lambeaux; mais il vole sans tuer son homme :

ses imitations sont décolorées; il fait preuve
d'érudition, et non de goût. Pison, le vieux
Pison, est tour-à-tour dans les nues ou dans les
fondrières; dur, inégal, incorrect et sublime
par caprice; mais ce caprice ne dure pas. Ménandre montre plutôt son ame que son esprit.
C'est assurément un bon homme; mais je
ne sais si c'est un bon poëte. Ses teintes
sont uniformes, son pinceau est mou, ses
caractères plus romanesques que naturels :
il a plutôt observé la campagne que la ville :
il peint ses sentimens, ses mœurs et ses
goûts; il ignore ceux de la société. — Et
Mnésippe? — Parmi les jeunes gens qui donnent des espérances, Mnésippe mérite d'être
cité. Il est de l'école de Corneille; il fera,
comme lui, quelques beaux vers; mais il
ne dessinera jamais un plan. Hermogène,
au contraire, tracera avec vigueur le plan
d'une intrigue, et pourra échouer au dialogue. Charrès veut, je crois, arracher, une
à une, toutes les plumes des ailes de la Re-
nommée. Il est rhéteur, historien, politique,
archéologue, artiste, poëte tragique, épique,
léger : ce dernier trait le peint. — Le bachelier ne put y tenir, et fit entendre,
avec éclat, ces mots qui surprirent les cri-

tiques. Vous avez remarqué quelques taches,
et quel ouvrage en est exempt? Homère,
Virgile, et le divin Racine, et l'inimitable
Voltaire, rencontrèrent un Zoïle, un Car-
bilius, un Visé, un Nonotte. L'artiste mé-
diocre ne compte que les défauts; le grand
artiste ne compte que les beautés.

CHAPITRE LXVI.

SUITE DE L'HISTOIRE DU BACHELIER.

SORTIE DU SOUTERRAIN.

Revocare gradum superasque emergere ad auras.
Hoc opus !..................................

VIRG.

ON servit le chocolat; et Asmodée ayant demandé au bachelier la suite de ses aventures, il continua en ces termes :

La nuit vint. Les portes du souterrain s'ouvrirent. Je traversai, à la lueur de vingt flambeaux, un vaste labyrinthe, dont mes guides reconnoissoient les issues, à l'aide d'une carte qu'ils tenoient à la main. Tantôt, nous descendons au fond des abymes, et tantôt je crois gravir la cime des plus hautes montagnes. Le chemin se resserre, s'élargit, s'étend, se croise, s'abaisse, s'élève sous mes pieds. J'interroge mes guides; ils se taisent : le silence universel n'est interrompu que par le bruit sourd et prolongé de nos pas, dont l'impression va frapper les échos

G 3

de ces cavités profondes. Le lézard et le
serpent fuient et se glissent dans les rochers :
un nuage de chauves - souris obscurcit la
route, dont il se détache bientôt, et tour-
billonne sur nos têtes. J'ai cru sentir l'impression de l'air extérieur, et j'entends,
dans le lointain, le hennissement des chevaux, et la voix des conducteurs. Le premier de mes guides donne un signal : aussitôt,
les flambeaux et ceux qui les portoient
s'éloignent par des issues secrètes, et semblent plonger sous la terre. Une obscurité
profonde règne autour de moi. Je me sens
saisir par des bras vigoureux. Je suis sans
crainte. On me fait asseoir sur une espèce
de siége ; on tire une corde : j'entends crier
des poulies. Je suis enlevé dans les airs comme
une divinité d'opéra. Je prends terre, et
crois sortir du fond d'un puits.

Des hommes masqués me font monter pré-
cipitamment sur un cheval, et m'entraînent
avec eux, après m'avoir voilé les yeux. Nous
parcourons ainsi plusieurs milles. Alors, un
d'entr'eux, écartant mon bandeau, m'or-
donne de suivre le chemin qui se présente
devant moi, et d'adresser la parole au premier homme qui s'offrira, sur la route, un

livre à la main. En disant ces mots, ils
partent. Un temps de galop et les arbres
d'une forêt profonde, les dérobent à mes
regards. Je poursuis lentement, et plongé
dans la plus sombre méditation. Plusieurs
voyageurs passèrent à mes côtés; mais sans
attirer ni fixer ma vue. J'étois tout entier
au sentiment; je savourois le bonheur de
recouvrer la liberté. Tout ce que j'avois
éprouvé me sembloit un songe. Le souvenir
de Rosina, l'image du danger de Theresa
se retraçoient à mon imagination. Jeune
encore, j'avois déjà parcouru un cercle d'a-
ventures bien étranges. A quels nouveaux
événemens étois-je réservé! O fatalité! déesse
aveugle et souveraine, dont les invincibles
décrets conduisent à leur insçu, et malgré
eux, les hommes vers le but que tu leur
traces dans tes jeux, fatalité! que me veux-tu?

CHAPITRE LXVII.

SUITE DE L'HISTOIRE DU BACHELIER.

LE VIEILLARD ET LE LIVRE.

———

......Scontrò un eremita in una valle
C'havea lunga la barba a mezo del petto
Devoto, e venerabile d'aspetto.

ARIOSTO.

EN disant ces mots, j'aperçus au fond d'un vallon, près d'une chaumière, sur le bord d'une prairie émaillée de fleurs où s'égaroit un ruisseau ombragé de saules mélancoliques, un vieillard qui parcouroit attentivement un livre placé sur ses genoux : de jeunes enfans qui paroissoient être ses petits-fils, bondissoient avec les chevreaux, se jouoient avec les agneaux de la prairie ; leur mère chantoit en recevant dans des vases de terre, le lait des vaches fécondes, tandis que son mari hâlé par le soleil, mais dont les traits annonçoient un homme au dessus de la condition rustique, labouroit la terre et sembloit prendre, en contemplant

ce spectacle, une force nouvelle. Je m'ar-
rêtai pour en jouir : une émotion douce et
pleine de charmes humecta mes yeux de
pleurs délicieux. O nature! m'écriai-je, ô nature!... Le vieillard m'entendit, posa le livre et s'avança vers moi en souriant. Aussitôt je fus entouré et caressé de ses enfans...
Ils me conduisirent à la chaumière, j'y re-
çus l'hospitalité à la manière des anciens;
les soins les plus touchans me furent pro-
digués. Je mets au nombre des jours les plus
heureux de ma vie ceux que je passai dans
cette cabane : je voulois m'y fixer. — Jeune
homme, il n'est pas temps encore, me dit le
vieillard avec dignité; il faut acheter, par des
services rendus à ses semblables, le droit de
se reposer : lorsque vous aurez vengé votre
pays et proclamé la liberté, lorsque votre sang
aura coulé pour cette cause sacrée, lorsqu'enfin vous aurez payé votre dette à l'humanité
en courage, en vertus, en dévouement, alors
vous pourrez songer à la vie obscure......
Cette cabane vous sera ouverte : vous vien-
drez y prendre, parmi mes enfans, votre place :
dès ce moment elle est marquée ici. Allez
et remplissez vos destinées.

CHAPITRE LXVIII.

SUITE DE L'HISTOIRE DU BACHELIER.

LE RECTEUR DE L'UNIVERSITÉ DE...

> Nos philosophes n'ont-ils pas une doc-
> trine exclusivement réservée à ceux de leurs
> élèves, dont ils ont éprouvé la circonspec-
> tion ?............ Il est des vérités que
> le sage doit garder comme en dépôt, et
> ne laisser tomber que goutte à goutte.
>
> (*Voyage d'Anacharsis.*)

J'EMBRASSAI avec transport ce bon vieillard : il ordonna à son fils de me conduire à
la ville voisine chez le recteur de l'Université de.... qui devoit être chargé de mon éducation : je partis, et bientôt j'arrivai au collége
de.... Mon guide me conduisit au parloir,
me remit une bourse qui contenoit l'argent
nécessaire à ma dépense, et s'éloigna.

Le recteur sonna, et deux hommes que je
pris à leur costume pour des ecclésiastiques
m'introduisirent. Tandis qu'ils furent présens,
le recteur m'adressa froidement quelques paroles vagues et insignifiantes ; mais dès qu'ils

furent sortis, me tirant dans un cabinet reculé,
il me montra le signe que j'avois vu dans le
souterrain et me demanda si je le reconnois-
sois. L'ayant alors considéré plus attentivement, je reconnus l'un des personnages qui
assistèrent à ma réception. Vous rencon-
trerez, ajouta-t-il, plusieurs de nos membres
au sein de la société et même dans les antres du fanatisme et au milieu des cours,
c'est là que couverts d'un voile impénétra-
ble, inconnus aux hommes dont nous avons
l'air de partager les principes, recomposant
pour nous-mêmes, mais dans des acceptions
bien différentes, la langue de la superstition
et des préjugés, nous dirigeons des coups sûrs
et d'autant plus inévitables que la main qui
les lance demeure invisible. Nous faisons
usage de la double doctrine. C'est-à-dire,
qu'en apparence, nous sacrifions aux préjugés dans nos discours et dans nos actions,
mais ces discours mêmes, ces actions présentent à l'aide d'une clef dont les adeptes
ont seuls le secret, tous les mystères de
notre système. Initié dans ces mystères, je
ne fus point étonné de voir le recteur assister à toutes les cérémonies religieuses ; il
jouissoit même d'une grande réputation de

piété à laquelle il étoit redevable du poste
qu'il occupoit, et de la considération profonde
dont il jouissoit. Je l'imitai, et pour mieux
tromper les yeux, je suspendis à ma ceinture
un chapelet à gros grains et ne passai jamais
devant une madone sans y placer un cierge.
Je me dédommageois de cette contrainte. Retiré dans mon appartement ou dans celui du
recteur, je dévorois les œuvres de Voltaire,
de Diderot, de Jean-Jacques dont il n'exis-
toit que trois ou quatre exemplaires dans
toutes les Espagnes : mon cœur s'échauffoit,
mon esprit s'élevoit à cette lecture. Fier de
sentir ma dignité d'homme, je laissois tomber sur les oppresseurs, l'indignation et le
mépris; je gémissois sur la dégradation de
l'espèce humaine presque par-tout avilie et
écrasée, presque par-tout vendue ou égorgée
comme un vil bétail. Combien de fois l'aurore me surprit dans ces lectures et dans ces
méditations !

Les ouvrages philantropiques échauffoient
et remplissoient mon cœur : les sciences exac-
tes frappèrent et attirèrent mon esprit. Je fis
de grands progrès dans les mathématiques et
dans la physique. Je dus mes progrès à l'a-
mitié et aux soins du recteur.

Mais ces travaux auxquels je me livrois avec une ardeur immodérée, la solitude qui convient peu à la saison de la jeunesse, un ennui secret, un je ne sais quel vide, que mon cœur, affamé du besoin d'aimer, éprouvoit, me plongeoit dans une mélancolie sombre : tout mon être me sembla s'éteindre et se voiler, j'éprouvai un affaissement prodigieux, mes yeux ne voyoient plus, mon pouls étoit intermittent; souvent une sueur froide couloit le long de mes joues, mon corps trembloit comme un arbre battu des vents, ma voix étoit rauque, entrecoupée, et de profonds soupirs s'exhaloient de mon sein. Le recteur fut le premier à s'appercevoir du mal que j'éprouvois : il m'engagea à suspendre le cours de mes études, et à partir pour la campagne.

CHAPITRE LXIX.

SUITE DE L'HISTOIRE DU BACHELIER.

LA MÉLANCOLIE, LE DÉSERT.

———

El pianger dolce.........
ROLL.

IL me donna des lettres de recommandation
pour plusieurs personnes de sa connoissance.
Peut-être, ajouta-t-il en souriant, trouverez-
vous, près du château où vous allez habiter,
le remède inespéré de vos souffrances.

Je fus reçu avec bonté dans le château
de.... Il étoit situé de la manière la plus
pittoresque. La vue se perdoit au loin dans
un horizon paré de tous les dons de la fécondité. De l'autre côté de la montagne, s'étendoit
un désert : l'œil ne rencontroit qu'une verdure aride, des pins s'élevoient d'espace en
espace entre les fentes des rochers, l'oreille
n'entendoit que les cris des oiseaux de proie,
le mugissement des torrens, les sifflemens
lugubres de l'aquilon retentissans sous des
voûtes caverneuses. On apercevoit de loin
quelques habitations éparses et rares. Mais
dans ma mélancolie sauvage, je m'enfonçois

aux lieux les moins fréque tés. Les posses-
seurs du château eurent pour moi les atten-
tions les plus obligeantes., plaignirent mes
chagrins, mais les respectèrent.

Je me promenois un soir dans ce désert.
Le disque pâle et taciturne de la lune ré-
pandoit sur tous les objets une clarté dou-
teuse et romantique. Je m'assieds sur un
quartier de rocher au bord d'un torrent. Là
immobile, dans une extase religieuse, je me
livrois aux pensers profonds et solemnels.
Existe-t-il un autre ordre de choses, un
Dieu, un avenir? Ces globes lumineux sont-
ils habités? Ce point imperceptible n'est-il
pas un monde? Atome intelligent, qui suis-je?
où suis-je? où vais-je? Quel est le principe
qui m'anime? Qu'est-ce que la pensée?
Qu'est-ce que la volonté? Quelle est la borne
et la division de l'ordre physique et de l'ordre moral. Quel est cet ordre? Où sont les
principes de la législation? et je remarquai
que mon cœur me donnoit la solution des
principes que mon esprit ne pouvoit découvrir. Une voix secrète et intérieure me
crioit: Écoute-moi; et j'écoutai. La voix disoit: Sois bon, sois utile, sois heureux, et ne
t'informes point du reste.

CHAPITRE LXX.

SUITE DE L'HISTOIRE DU BACHELIER.

LE FANTÔME.

Il n'étoit point couvert de ces tristes lambeaux
Qu'une ombre désolée apporte des tombeaux.
                              CORNEILLE.

DES nuages circuloient dans le vague des airs, et leur crêpe mobile, interceptoit quelquefois un reste de clarté éparse sur la nature. Dans un de ces momens, je crus voir, de l'autre côté du torrent, un fantôme errer sous des cyprès, se pencher et gémir. ..... Le bruit des eaux, l'obscurité ne me permirent pas d'en démêler davantage. Je voulus porter mes pas de ce côté: des fondrières profondes où les ondes se précipitoient, m'opposèrent un obstacle imprévu. Le fantôme disparut. Je me retirai plein de la plus sombre rêverie; cette vue occupa ma pensée, et le soir étant venu, je retournai sur le bord du torrent: l'apparition eut lieu de nouveau, et la même barrière m'arrêta. Je conçus alors le projet de me rendre par des chemins détournés
                                          tournés

tournés vers le lieu de la scène. Rien ne pouvoit plus m'effrayer après les épreuves que j'avois supportées, et ma curiosité étoit vivement excitée. Dès le lendemain, je mis ce projet à exécution.

———

CHAPITRE LXXI.

SUITE DE L'HISTOIRE DU BACHELIER.

DÉNOUEMENT.

———

> C'est lui ! — C'est elle
> *Figaro.*

POUR moins exciter les soupçons, je feignis d'avoir formé un vœu, et revêtis un habit de pélerin. Je fus obligé de remonter le torrent pendant l'espace de plusieurs lieues, et parvins, avec des peines infinies, à trouver un gué. Je le traversai : un désert prolongé s'offrit à mes yeux, un hermitage s'élevoit à mi-côte : plus loin quelques chaumières, sur lesquelles dominoit une maison charmante, aux pieds de laquelle s'étendoit un lac, un bois terminé par des cyprès. Je reconnus le lieu, et m'avançai. .... La nuit approchoit : le tronc d'un vieil arbre offroit une cavité profonde. Je m'y cachai. « Manes de Fiorido, manes toujours présentes au cœur de Rosina, recueillez ses larmes et son amour ». Elle dit, et s'inclina sur une urne glacée. Alors me

précipitant de ma retraite : Est-ce vous que je
retrouve, ô Rosina ! Elle jette un cri ; mais
j'embrasse ses genoux : son effroi et ses cris
redoublent ; on accourt ; et la première personne qui vole auprès de Rosina , c'est la
sensible Theresa que suit don Solis. Notre
surprise réciproque est au comble. Rosina
s'évanouit , Theresa s'écrie, ô mon libérateur ! A ce mot, don Solis m'a pressé dans
ses bras. Nous regagnons, ou plutôt on m'entraîne en tumulte dans l'intérieur. On
s'assied , Rosina a repris ses sens : les questions , les réponses , les exclamations , se
croisent.... Quelles sont vos aventures ?—
Mais les vôtres ? — Une suite inouie de prodiges ! — Les événemens les plus bizarres ! —
Je supprime , en faisant le récit que je viens
de vous confier, une partie de ce qu'il présente d'extraordinaire. J'apprends à mon
tour que don Solis chassoit dans la forêt où
je perdis Theresa , qui fut alors enlevée par
les gens de sa suite qui la reconnurent. Une
explication rapide et simple réconcilia don
Solis et Theresa ; heureux amans, ils n'eurent
à gémir que sur ma mort, qu'ils regardoient
comme certaine , après avoir fait de vains
efforts pour me retrouver, et sur la situation

H 2

de l'inconsolable Rosina... Ils retournèrent près d'elle... Quel spectacle !... Fiorido, que des soins rappeloient à la vie, avoit déchiré ses blessures ; saisissant un poignard, il s'étoit immolé dans sa rage, et offert en victime à l'amour outragé. Ils avoient arraché Rosina de ce séjour affreux..... Cette terre appartenoit à don Solis. .... C'est-là que par les soins les plus touchans, ils s'efforçoient de verser un baume consolateur sur les blessures de ce cœur flétri et désespéré ; c'est-là que je retrouvai tout le mien. Les charmes de Rosina, belle de sa beauté et de sa douleur, me frappèrent, ou plutôt réveillèrent un sentiment que j'éprouvai, dès le moment même où je devins son libérateur. Theresa et don Solis me devinèrent, ils me retinrent auprès d'eux. J'affectai la reconnoissance, et ne montrai que mon amour. Je passai plusieurs mois dans cette retraite. Fidèle aux loix de la délicatesse, je ne parlai point de ma passion à Rosina ; elle la vit, parut touchée de la générosité de mon silence, me plaignit sans me chercher ni me fuir.

Don Solis et Theresa crurent que le temps diminueroit ou couronneroit mon amour. Ils reconnurent bientôt que cette passion déci-

doit du destin de ma vie. Alors leur générosité ne cessa de s'occuper des moyens de me
conduire au bonheur. Ils sentirent qu'il falloit
commencer par arracher Rosina à ses habitudes douloureuses. Cette urne fatale sur laquelle je l'avois vue se courber et gémir,
étoit toujours entre elle et moi. Don Solis
feignit d'être obligé de quitter cette terre et
de voyager en vertu d'ordres supérieurs. Ma
chère Rosina, lui dit-il, vous partagerez
notre malheur ainsi que j'ai partagé le vôtre.
J'emporte en France les débris de ma fortune.
Il est un cœur auquel le vôtre est nécessaire. . . . . . c'est le cœur de ma Theresa.
Theresa entra et la pressa en pleurant. Don
Solis se retournant vers moi. — Vous n'aban-
donnerez pas votre ami; j'ai mérité ce nom
ou vais le mériter. En même temps il donna
inopinément les ordres pour un départ imprévu et précipité. Rosina jeta des cris et
répandit des pleurs : on la traîna pâle et
mourante vers la voiture; elle s'évanouit : on
saisit ce moment pour la placer au fond du
carrosse. Il s'éloigne. J'abrégerai des détails
superflus. Qu'il vous suffise d'apprendre que
deux ans écoulés, le séjour de Paris, les soins
de l'amitié, l'assiduité, la délicatesse et les

transports de l'amour le plus passionné, obtinrent pour moi le titre d'époux. Hélas! ma Rosina mourut au bout d'un an.

La révolution arriva en France : j'y pris une part active : je crus le moment favorable pour en répandre les principes dans ma patrie. Je retournai en Espagne. Mes anciennes aventures m'ouvrirent des liaisons. Je jetai les fondemens d'un grand dessein. Le ballon que j'élevais dans les airs étoit un signal donné. Vous arrivâtes, mon cher Asmodée, vous m'emportâtes à travers l'espace, tout fut dérangé. — La partie n'est qu'ajournée.
— Je le pense.

CHAPITRE LXXII.

LES THÉATRES.

QUESTIONS POLITIQUES.

———

Les loix peuvent déterminer les sujets, la forme des pièces, la manière de les jouer; mais elles ne sauroient forcer le public à s'y plaire. J.-J. ROUSSEAU. [*Lett. sur les Spect.*]

ON apporta le journal. Les deux amis parcoururent la feuille des spectacles, et formèrent la résolution de se rendre, le soir, à l'Opéra. Le bachelier crut le moment favorable pour entamer une longue dissertation sur les théâtres.

Dans l'ancien systême, un théâtre étoit nécessairement un vaste foyer de corruption. Des pauvres d'esprit, qui, pour être quelque chose, prenoient un brevet de censeur suivant la cour, avoient en main les rênes de l'opinion publique. Le gouvernement tenoit les esprits en lisières. La direction étoit sous l'inspection immédiate des ci-devant gentils, princes

H 4

des coulisses, Jupiter-nés de l'Olympe-comique. Des courtisanes achevoient l'éducation des princes.

L'influence des titres, du pouvoir, rendoit les sottises des grands contagieuses : on voyoit les esclaves imitateurs se réunir par bon ton, rendre le théâtre complice de leurs dilapidations, y gangrener leurs mœurs.

Les membres de plusieurs théâtres doivent donc regretter sincèrement le livre-rouge, et sur-tout les corps de finances. Si l'on réfléchit ensuite sur l'état de domesticité, où le despotisme de la chambre tenoit plusieurs d'entr'eux, on concevra aisément comment l'esprit de domesticité a survécu à la livrée. Il est encore deux causes de la dépravation théâtrale, et la dernière de ces causes n'a été indiquée par personne que je connoisse.

Un directeur de spectacle n'est autre chose qu'un marchand en boutique. Si vous lui demandez, et sur-tout si vous lui payez chèrement des drogues et des poisons, il vous vendra des poisons et des drogues. Comme littérateur (si, par hasard, il est tel), il peut concevoir une opinion. Comme directeur, il ne conçoit que son intérêt.

Ici , se présentent plusieurs questions.
1°. Les loix répressives de la licence théâtrale
sont-elles conciliables avec un régime libre ?
2°. Quels sont les moyens de hâter la régénération du système dramatique? 3°. Les
moyens de régénération étant déterminés ,
comment étendre les bienfaits de cette instruction publique sur une classe, pour laquelle l'indigence ne doit pas former un
titre d'exclusion, si l'instruction et les plaisirs honnêtes sont le patrimoine de l'égalité?
Je crois pouvoir résoudre ces questions.
D'abord, des loix répressives de la licence
théâtrale, sont - elles conciliables avec un
régime libre? Je ne le pense pas. Je sais
que l'art de la parole étant, en quelque
sorte, un pouvoir, et que ce pouvoir, se
composant en raison du rassemblement
d'hommes sur lesquels il s'exerce, il semble,
au premier aspect, devoir engendrer une
responsabilité. Mais, lorsque la loi peut être
facilement transgressée ; lorsqu'elle est sur
la pente de l'arbitraire ; lorsqu'elle ne peut
être énoncée sous des formes précises (telle
seroit une loi sur les spectacles), il faut,
par respect pour la loi même, ne la point
prononcer. Je trouve la preuve de cette

assertion dans la nature des choses, et dans l'expérience. En effèt, le législateur, ne pouvant pas fixer la latitude des caprices de l'imagination ; ne pouvant pas, en un mot, déterminer les cas particuliers, est réduit à énoncer des défenses générales. Ici, commence l'arbitraire, fantôme et fléau de la loi. Comment faire coïncider les cas particuliers aux généralités ? Qui osera en faire l'application ? Celui-là ne se chargera-t-il pas d'une effrayante responsabilité ? Ne substituera-t-il point sa volonté à celle de la loi ? N'usurpera-t-il point la fonction de législateur ? Il commentera, il interprétera ; mais il ne jugera pas. Tel seroit le premier vice d'une loi sur les spectacles ; loi qui, par la nature des choses, ne peut avoir une juste précision. J'ajoute qu'à l'arbitraire, se joindroit la nullité, puisque la loi seroit éludée facilement. La parole a son masque comme la physionomie : le langage a ses détours comme la mauvaise foi. Vous verriez se former un jargon mystérieux. Les voiles dont il se couvriroit lui donneroient une importance qu'il n'auroit pas eu par lui-même. Iriez-vous, après avoir interdit l'inquisition des personnes, établir celle des

mots ? Seriez-vous bien sûr d'atteindre l'intention dans les sinuosités de ce nouveau
labyrinthe ? Une dernière observation me
frappe. La langue d'un peuple libre prend
un nouveau caractère. La franchise est son
premier besoin. Laissez-la secouer en liberté
ces langes dont l'enveloppa le despotisme,
qui prolongea sa longue enfance. Ecartons,
avec soin, tout ce qui pourroit ramener la
duplicité des expressions.

Je terminerai ces observations par des
faits. Athènes vit naître plusieurs loix repres-
sives de la licence théâtrale; ces loix furent
de frêles barrières. Solon voulut en vain enchaîner la muse de Thespis. Trois fois le cinisme d'Aristophane arracha des décrets à
l'indignation des magistrats , et trois fois le
cinisme sortit vainqueur de cette lutte avec
les loix. Elle se turent impuissantes ; alors
naquit une magistrature plus redoutable, la
censure populaire. Un instinct sûr, prompt
et délicat, fit sur-le-champ justice des mauvais vers, et sur-tout des mauvaises mœurs.
On vit des poëtes n'échapper au châtiment
qu'en se réfugiant aux pieds des autels. Un
peuple qui a la conscience de sa grandeur,
doit s'irriter d'une maxime vile comme d'une
offense.

Je passe à cette seconde question. Quels
sont les moyens de hâter la régénération du
système dramatique ? Je me livre à quelques
réflexions préliminaires.

Je n'examinerai point avec Rousseau, s'il
est vrai que les arts sont des hochets pour un
peuple libre ; si remonté à la hauteur des
jouissances naturelles, il se déprend bientôt
de leurs prestiges décevans ; si l'agriculture,
les armes, le commerce, sont les seuls arts
qu'il cultive. Rousseau s'est déclaré pour
l'affirmative, mais à regret. Tel Renaud, prêt
d'abattre la forêt enchantée, laisse échapper
un soupir ; mais bientôt il lève la hache fatale,
le bocage disparoît, le charme tombe, et les
nymphes s'évanouissent.

J'observerai que le perfectionnement de
notre organisation sociale, que nos mœurs,
nos préjugés peut-être ; que notre population
qui multiplie les rameaux parasites, et jette
une foule d'individus hors du cercle des vrais
moyens d'existence, pour les refouler vers
les ressources éloignées, vagues et précaires ;
que notre commerce qui s'alimente de frivo-
lités, que le charme invincible et magique
de ces douces habitudes, que tout enfin doit
affermir, prolonger l'empire des arts.

Démentons d'ailleurs cette assertion, que les arts ne peuvent que décorer l'édifice de la liberté, et non le soutenir. Arbustes frêles et délicats, ils ne donnoient que des fleurs : faisons-leur porter des fruits.

Ces fruits seront cultivés et recueillis par la génération nouvelle, et déjà l'éducation les mûrit.

Mais distinguons dans les arts ceux qui n'ont qu'une influence atténuée, indirecte, partielle, et ceux dont le déployement plus immédiat, plus vaste, exerce sur les esprits une action irrésistible. Tel est l'art dramatique ; soit qu'il se compose de la réunion de tous les autres, soit qu'un mobile puissant, rapide, électrique, la parole, lui assure la prédominance, c'est un foyer de passions brûlantes d'où s'échappent sans cesse des lumières ou des foudres. L'auteur scénique est un officier de morale, ou un proxenète de corruption, il tient entre ses mains un lévier d'une force incalculable, l'opinion; dirigez ce lévier.

Vous ne pouvez pas exercer la rigueur des loix, exercez-en la bienfaisance. Point de règlement coërcitif, mais d'encouragement. Qu'il soit versé cet encouragement

sur deux classes d'hommes. Les directeurs de
théâtres et les auteurs scéniques. Si les arts
d'agrément ont déjà fixé les regards de l'assemblée, les arts d'instruction, à la tête des-
quels je place l'art dramatique, les solli-
citent à leur tour. Que les directeurs qui
auront servi la chose publique, en consacrant
leur théâtre au culte de la liberté, soient
proclamés avoir bien mérité de la patrie.
Que des avances leur soient quelquefois accordées, mais à titre de prêt, sans intérêt,
sous la solidarité d'une caution. Ne dépensez
pour les auteurs que quelques branches de
lierre ou d'olivier. La monnoie des talens,
c'est l'honneur. Imitez les Grecs. Le souvenir
m'a transporté sur ces bords embellis des
prestiges des arts. La trompette a sonné:
un temple s'ouvre, un peuple entier s'y précipite. Quels sont ces sacrificateurs? Pour
qui ces victimes, ces festons, cette pompe
triomphale? Quel est ce conseil auguste de
vieillards vénérables, dépositaires des loix,
et qu'à leur majesté on prendroit pour les
Dieux mêmes qu'ils invoquent? Quels sont
ces hommes qu'un peuple entier écoute dans
un silence religieux, ou qu'il interrompt par
des cris de triomphe. Athéniens, s'agit-il

d'une victoire? Oui, sans doute; il s'agit de
la plus sublime conquête, de la conquête du
génie!...

Je passe à cette dernière question : Les
moyens de la régénération dramatique étant
déterminés, comment étendre les bienfaits
de cette instruction sur tout le peuple? Un
des avantages des anciennes républiques, c'est
que le peuple assistoit gratuitement au spectacle. L'état s'acquittoit envers lui en payant
ses plaisirs. Dans un gouvernement, composé
d'esclaves, le luxe est toujours égoïste, ré-
tréci, personnel; mais dans les états libres, il
est un autre luxe de grandeur, d'utilité. —
Quoi donc, établirions-nous, à l'exemple des
Grecs, un spectacle aux frais de la nation, et
sous l'inspection des magistrats du peuple?
Tout éloigne encore cette idée. D'ailleurs,
irions-nous ressusciter le masque antique et
replacer Melpomène sur un cothurne co-
lossal. La décoration première de ce théâtre
nous manqueroit; il nous manqueroit le ciel
pur de la Grèce. Cependant quel avantage
n'eût pas retiré le peuple, d'une pareille institution. Cette institution, bien dirigée, eût poli
les mœurs et la langue; l'éducation ne tend
qu'à former la génération future, et par-là

vous formiez la génération actuelle. Qui
pourroit suppléer à ce moyen? Ici un vœu
s'échappe de mon cœur, et je sens que ma
pensée le caresse : la réflexion pourroit le
repoussér, mais le sentiment l'adopteroît sans
doute. Voici mon rêve. J'ai vu la famille des
artistes et des amateurs, de ceux qui ne
cultivent que par amusement et par goût
l'art du théâtre, se consacrer à l'instruction
publique ; j'ai vu des patriotes rassemblés par
le même zèle, élever un temple à Melpomène ; j'ai cru voir un peuple introduit
avec ordre, peupler leurs loges civiques; il
me sembloit que les Talma, le brûlant
Monvel et le patriote Dugazon, guidoient les
pas de ces nouveaux catéchumènes, et les cou-
ronnoient de leurs lauriers; il me sembloit que
l'ombre de l'auteur de Brutus s'élançoit du
séjour des tombeaux et planoit autour d'eux,
satisfaite et consolée. Il s'y rassembloient
quelquefois après des travaux plus importans.
J'ai cru entendre des auteurs qui n'étoient
rivaux que de patriotisme.

CHAPITRE LXXIII.

CHAPITRE LXXIII.

SUITE DE L'HISTOIRE PHILOSOPHIQUE DU THÉATRE.

———

En prêtant l'oreille à la poésie dramatique, nous garantirons nos cœurs d'être abusés par elle, et nous ne souffrirons pas qu'elle trouble l'ordre et la liberté, ni dans la république intérieure de l'ame, ni dans celle de la société humaine. Ce n'est pas une légère alternative que de se rendre meilleurs ou pires.

PLATON.

IL ne vous reste plus qu'à peser sur l'importance des représentations théâtrales; sur leur liaison intime avec les mœurs.

Vous vous proposez sans doute de les considérer comme institution, comme ressort politique.

Vous citerez Platon, Aristote, la philosophie, l'histoire, les grands noms, les grandes autorités, les grands mots; que sais-je? vous irez peut-être jusqu'à prouver que les compositions scéniques ont toujours fidèlement réfléchi l'esprit du gouvernement et des nations.

Tome II.   I

Vous rapprocherez le berceau d'Athènes et
les tombereaux de Thespis ; les victoires des
Grecs, leur luxe de gloire, de monumens,
et la pompe théâtrale des pièces sublimes
d'Eschyle et de Sophocle ; la grandeur de
Rome et l'enflûre de ses poëtes dramatiques ;
l'avilissement de l'Europe chrétienne et la
comédie de l'ancien et du nouveau Testament, les confrères de la passion, en
France ; les autos - sacramentales, en Espagne ; la tragédie de la chute du premier
homme, en Italie ; l'élévation de l'Angleterre et le talent fier, sauvage, grossier, sublime de Shakespeare, inégal et grand, qui
ressemble à un chêne noirci de la foudre,
s'élevant seul dans un champ de bruyères
et étendant au-dessus des tempêtes, la majesté sombre de ses rameaux égarés dans l'espace. Les révolutions de la Ligue, de la
Fronde, et le génie de Rotrou et de Corneille. Les fêtes du sérail, sous le sultan
Louis XIV, et les prologues de Quinault ;
les pièces de l'Ercole, amante, et la tragédie
transformée en élégie ; la scène soumise
à l'amour par le plus tendre et le plus parfait
des poëtes.

Vous ne manquerez point de remarquer

qu'il entroit dans les calculs du despotisme d'amollir, de désarmer la fierté naturelle du caractère national qui s'étoit trempé et exalté dans les guerres civiles; vous ajouterez que telle fut, sans doute, la politique de Richelieu, lorsqu'il faisoit soutenir des thèses d'amour dans ce cabinet d'où il remuoit l'Europe, où il dansoit et ordonnoit le siége de la Rochelle, où il caressoit le col charmant de Marion Delorme et faisoit couper celui de Cinq-Mars et du célèbre de Thou, où il écoutoit les calembourgs de Bois-Robert, les vers de Colletet et proscrivoit ceux de Corneille; enfin, vous montrerez le règne crapuleux du Régent et de Louis XV, et le théâtre d'Arlequin, les tripots de la foire, où l'esprit d'imitation et des ordres positifs comandoient d'avilir les mœurs des esclaves, où le peuple applaudissoit à ces caricatures dans lesquelles il étoit peint, toujours ou sot, ou ridicule, ou vicieux, méchant et pervers. On sait aujourd'hui que la pièce ordurière de *Jeannot chez le Dégraisseur*, fut composée par le ministre Maurepas; que la scène du pot-de-chambre fut jouée dans les petits appartemens de *sa majesté*. C'est ainsi que sous Louis XIV, le farceur Dancourt,

pour lequel il eut une considération marquée, mit sur le théâtre les *Bourgeois ridicules*. Molière, philosophe, jouoit les
marquis, les tartuffes, et crayonna les caractères de M. Mouflar et de madame la
Grimaudière.

Si vous voulez embrasser d'un coup-d'œil
l'état de dégradation où tombe le peuple sous
le despotisme : parcourez ces pièces connues
sous le nom de *Dancourades*, tableaux naïfs
de ridicule achevé et de corruption profonde.

Vous indiquerez l'aurore de la philosophie et les pièces de Voltaire; la mort de
César, Brutus, le Fanatisme..... Enfin,
arrivant à l'époque actuelle, vous peindrez
la scène dramatique, comme la révolution,
livrée aux orages, aux factions, aux partis,
aux excès, à la réaction, à la nullité; vous
ferez sortir quelques éclairs de cette nuit
profonde; vous montrerez cette foule de talens qui l'honorent; vous la releverez avec
la liberté, et vous prophétiserez ses succès
et ses miracles. Quel champ vaste pour la
discussion, pour l'éloquence, *in genere de-
monstrativo !* Mais ici, ne manquez pas
de préciser, et c'est-là où je vous attends,
de préciser sans ambages, d'une manière

nette et positive, la part d'influence qu'en
bonne politique, la législation doit accorder
au gouvernement sur une institution qui
peut suppléer les loix, en augmenter, en
affoiblir l'empire par celui qu'elle exerce sur
l'opinion. Et si vous rendez cette institution
indépendante du gouvernement, il arrivera
de deux choses l'une : ou le théâtre cares-
sera l'opinion de ceux qui le fréquentent, et
alors il retombera dans l'abus qu'on veut
prévenir, ou il se dirigera contre cette
opinion, et alors il sera désert. — Je ne le
pense pas : le besoin des jouissances et des
distractions ramène la foule. J'ai vu des
athées suivre les sermons du père Beauregard,
et admirer son port simple, sa voix tonnante,
son regard extatique. — En attendant que
votre éloquence ait revêtu de vie, de couleurs, la foible esquisse que je viens de
crayonner et dont le grave dessin pourroit
ennuyer, venez, faisons la revue des théâtres.
Je vous conduirai quelquefois derrière la
coulisse et j'entr'ouvrirai le rideau qui cache
les mœurs.

———

I 3

CHAPITRE LXXIV.

L'OPÉRA.

Il faut se rendre à ce palais magique,
Où les beaux vers, la danse, la musique,
L'art de tromper les yeux par les couleurs,
L'art plus heureux de séduire les cœurs,
De cent plaisirs font un plaisir unique.

VOLT.

LES voilà assis à l'orchestre. — Quoi ! ce sceptre gothique a survécu à tant d'autres? Ce burlesque bâton de mesure coupe et divise encore l'air, les temps et l'expression? — Il est dans les mains d'un maître estimé. — Soit. Il n'en afflige pas moins mes yeux et mes oreilles, il ne manque plus à la barbarie que d'établir un chronomètre sur un des côtés de l'avant-scène; là, les yeux fixés sur le balancier, l'acteur saura à point nommé, combien de secondes il doit accorder à la fureur et réglera le mouvement de la passion sur celui du pendule.

CHAPITRE LXXV.

L'OPÉRA.

L'ORCHESTRE.

La musique, étant devenue un troisième
art d'imitation, eut bientôt son langage, son
expression, ses tableaux, tout-à-fait indé-
pendans de la poésie. La symphonie même
apprit à parler sans le secours des paroles;
et souvent il ne sortoit pas des sentimens
moins vifs de l'orchestre, que de la bouche
des acteurs. ROUSSEAU.

L'ORCHESTRE se compose de professeurs
habiles; mais il ressemble à ces assemblées,
dont chaque membre pris séparément montre
un bon sens qui s'évanouit dans le tumulte
général. Depuis que par une révolution mu-
sicale l'effet a été jeté en grande partie dans
l'orchestre, il devient difficile de distinguer
ce qui doit former le corps de l'expression
où seulement le soutenir. Que d'art ou plutôt
que d'ame est nécessaire pour faire sentir

I 4

toutes les nuances, avec deux moyens auxquels se réduisent, en dernière analyse, ceux
de l'exécutant, le *doux* et le *fort*. Il ne
suffit pas de débiter avec netteté et précision une suite de notes; il faut faire entendre l'accent de la nature et des passions ...
Il faut sentir, mais sentir tantôt comme
Gluck, et tantôt comme Sacchini, suivre
l'ame de l'acteur, ou plutôt lui en donner
une. Il faut, pour ainsi dire, que vous sor-
tiez de l'orchestre et que vous montiez aussi
sur le théâtre. Dans ce moment, vous
n'êtes pas un violon obligé, vous êtes, en
quelque sorte, Pilade, Agamemnon, Ad-
mète ! Croiriez-vous donc avoir exécuté ce
morceau parce que vous l'avez dit de mesure? Ah ! si vous n'avez lu que ces *fa*,
ces *mi*, ou ces *ut*, vous n'avez rien exécuté, vous n'êtes qu'un instrument, vous
n'êtes plus un artiste. Il falloit lire des
pleurs, des sanglots; il falloit lire l'expression de la douleur ou de la joie. Quelquefois la situation vous indique cette expression; mais prenez garde, chaque morceau
a sans doute une couleur particulière : mais
les demi - teintes; mais les dégradations,
mais les ombres, mais les contrastes, mais

ces chocs, ces retours, ces alternatives, ces
hésitations, ce tumulte, cette contrainte, cet
éclat, cette retenue, cette opposition de tous
les mouvemens du cœur, ce protée inconstant qui se replie sous mille formes, enfin,
ces nuances infinies dont les vers de Racine,
par cela même si difficiles à exprimer, sont
un exemple : ces nuances qui, dans un seul
sentiment, présentent mille sentimens divers,
et qui constituent le génie des grands artistes; voilà, voilà, ce qu'il faut rendre.

Que de choses en musique qui ne sont
point de la musique !

CHAPITRE LXXVI.

L'OPÉRA.

LA TRADITION.

.... Du lieu
Adorez le génie et consultez le dieu.
DE LILLE.

LA tradition transmet l'intention du compositeur. Mais la tradition commence à s'affoiblir et à être négligée.

N'existe-t-il donc aucun moyen de fixer d'une manière plus précise, la pensée du génie? Ou, du moins, la tradition ne doit-elle pas être conservée avec autant de soin que le feu sacré? Faire pour la scène lyrique ce qu'un auteur estimable a fait pour la scène dramatique, recueillir et rédiger en corps de doctrine les notes ou plutôt les rayons épars de la tradition, seroit la nature d'un bel et grand ouvrage. Il appartient au conservatoire de musique de l'exécuter. Ainsi,

j'espère un jour lire, en tête des partitions
de Gluck, la notice de sa vie, ses pensées
sur l'art en général, ses méditations habi-
tuelles, j'espère retrouver des commentaires
succincts au bas de chaque scène. Ici, il ordonnoit de dégrader le son par un affoiblis-
sement successif, tout - à - coup, de cette
espèce de calme sortoit une note brillante
comme un éclair qui annonce l'orage ; bientôt les sons succédoient avec impétuosité,
avec éclat, comme des rafales qui mugissent
ou comme des torrens qui se précipitent ; tel
trait annonce un Dieu, et je dois distinguer,
avant qu'il ait paru, s'il annonce le souve-
rain de l'Olympe, ou le Dieu de la lyre,
ou l'Amour enchanteur, ou le sombre Dieu
des enfers . . . . Ce ton élevé, soutenu,
majestueux, sans efforts et sans emphase, ne
convient qu'à un héros. Gluck est comme
Homère. Chacun de ses personnages a un
caractère à lui, une physionomie particulière.
On les voit en les écoutant.

   Ce chœur peint la joie, mais la joie la
plus vive, le désordre le plus aimable. Il
est gracieux sans afféterie, naïf sans trivia-
lité. Il murmure, il croît, il s'élève, il éclate.

   Cette scène entre Achille et Agamemnon,

est telle que l'avoient dessinée Homère et
Racine..... Ah! que voilà bien l'Armide
du Tasse et l'Orphée de Virgile!... Lorsque
Gluck disoit, Criez : c'est qu'alors la passion
dans son dernier degré, ne pouvoit s'exprimer que par des cris. Il diroit aujourd'hui
à telle actrice qui crie éternellement, taisez-
vous.

Parce que dans le génie de Gluck, la
force domine, comme la grâce dans Pic-
cini, et le sentiment dans Sacchini, ce qui
ne signifie pas que la nature ait refusé à ces
grands hommes les autres parties de l'art,
on a cru qu'il suffisoit de jouer ou de chanter
fort pour entrer dans la pensée de Gluck.
Erreur grossière. Nous avons vu des actrices
et l'orchestre lutter à grands efforts de poumons et de bras, à qui feroit le plus de bruit :
on appeloit cela de l'effet. Cet effet brisoit
le tympan et non le cœur. C'est au cœur
plutôt qu'à l'oreille, que les traits doivent
s'adresser. Un soupir, un accent étouffé,
émeuvent plus puissamment qu'un port de
voix ou un éclat.

Sans doute le complément de la situation,
ce que l'acteur ne peut exprimer qu'impar-
faitement, par le geste ou les paroles, doit

être rendu par l'orchestre. Ainsi, le remords qui déchire Oreste, la tempête intérieure de sa conscience pendant qu'il s'écrie : Je suis calme (je cite cet exemple entre mille), ne peut être indiqué que par l'effet jeté dans les accompagnemens ; mais alors, quoiqu'ils roulent sur les mêmes notes, ces notes ne doivent pas présenter le même effet. Il y a bien là cette continuité de remords, ce syncopé de sanglots étouffés dont le mugissement sourd dit qu'Oreste ment en s'écriant : Je suis calme. Mais il me semble que le remords qui s'enlace comme le serpent autour de son cœur, pour le déchirer, doit s'élever par degrés, comme le vent qui murmure, et enfin couvrir la voix du parricide dont le sommeil est celui de l'épuisement et de l'accablement : je veux distinguer ces cris de la conscience irritée, au milieu des cris des fantômes, des spectres et des furies qui le tourmentent en songe......

CHAPITRE LXXVII.

L'OPÉRA.

L'EXPRESSION.

La sensibilité fait tout notre génie.
PIRON.

ARTISTES, songez-y : l'expression de Gluck est toujours dramatique. Mais pour la saisir, avez-vous connu, avez-vous éprouvé le délire, les transports? Ce n'est pas assez d'être un homme sensible, avez-vous analysé et médité? Avez-vous observé dans les autres et sur vous-même, le caractère des passions, leurs symptômes, leurs signes, leur marche, leur développement, leur explosion? Avez-vous nourri et confirmé ces remarques particulières par celles des grands hommes qui en ont traité? Vous êtes-vous élevé jusqu'aux principes généraux de l'art? Dans le monde, avez-vous étudié? hors du monde, avez-vous étudié encore? Avez-vous écouté votre cœur dans la solitude? Avez-vous examiné celui des autres dans la société? Enfin, et j'aurois dû commencer par cette question, la nature a-t-elle mis dans votre sein ce feu sacré qui fait les grands artistes? Avez-vous reçu de la nature un véritable talent? et je vais vous dire à quelle marque vous le reconnoîtrez. Ne voyez-vous rien au-dessus de votre art? Êtes-vous prêt à supporter les plus grands sacrifices, les pertes, à renoncer plutôt à la fortune et aux honneurs, qu'à votre talent? Êtes-vous assez passionné de l'art en général pour embrasser votre rival et ne voir que le succès de l'objet auquel votre existence est attachée? Vous êtes artistes alors. Mais que de gens se croient artiste et ne sont que des artisans! La tête fait les premiers, l'exercice des mains fait les seconds. Loin de nous la pensée de blesser, par ces réflexions, des hommes estimables! Nous en chérissons plusieurs et pour leurs qualités personnelles et pour leurs talens. Nous avons insisté sur ces observations parce que dans l'ordre naturel, l'orchestre de l'Opéra devroit tenir le premier rang. On n'auroit jamais dû citer avant lui celui des Bouffons, si un sentiment de véritable gloire eût échauffé l'ame de ses membres : le dépôt

des chefs-d'œuvres de l'art, et par la nature
des compositions et par le sublime talent des
artistes, est entre leurs mains. Les ouvrages
dont s'enrichissent les autres théâtres, ne
pourront jamais soutenir la concurrence de
ceux dont le théâtre des arts est possesseur,
alors qu'une exécution parfaite aura ramené
les connoisseurs. Par l'exécution, les pièces
anciennes paroîtront se revêtir de la fraîcheur
de la nouveauté.

Encore un mot contre ces efforts violens
imprimés à l'exécution. Cette manière paroît avoir son principe dans ce système de
l'école moderne, qui prenoit les attitudes
outrées, le gigantesque, le contourné, le
tourmenté, pour le sublime. Ce défaut, érigé
en manière, est sur-tout remarquable dans
les compositions des peintres français qui
ont précédé la renaissance du bon goût et
de la simplicité antique qui n'a eu lieu que
de nos jours.

Winkelmann a remarqué avec raison que
le caractère des passions, dessinées par le
Brun, offroient des figures de convulsion-
naires et ne présentoient que des grimaces
outrées et chargées, tandis que dans le
système de l'antique, un seul trait dénote
une

une affection profonde. En général, si vous cherchez le sublime, vous en trouverez plus dans une seule ligne, dans une seule page de l'antiquité, que dans tous les contours et dans tous les livres des modernes.

———

Tome II.   K

CHAPITRE LXXVIII.

L'OPÉRA.

LES ACTEURS.

......Pauci quos æquus amavit
Juppiter..... VIRG.

ACTEURS, tourmentez-vous moins, et vous gagnerez en expression ce que vous perdrez en grimaces.—Parmi les acteurs de ce théâtre, on peut distinguer ceux qui jouent bien et qui chantent mal, ceux qui jouent mal et qui chantent bien.— Peut-être l'accord de ces deux talens est-il impossible; car la passion ne doit guère laisser la liberté de faire entendre des notes pures, de distiller des sons limpides : la passion doit s'exprimer en sons étouffés, profondément sentis. La passion ne chante pas, elle accentue.

D'un autre côté, un homme occupé des ports de voix, des renflemens ou de la dégradation du son, du perlé d'une cadence, de l'égalité des notes qu'il défile dans une roulade, de la netteté et de la précision des intonations, aura bien peu d'attention de reste à donner au désordre de la passion. Garat lui-même se troubleroit au milieu d'une cadence, s'il venoit à éprouver une douleur physique. Que sera-ce donc d'un acteur qui, comme Philoctète, Œdipe, ou Oreste, doit peindre à-la-fois l'impression d'une douleur physique et d'une douleur morale? — Quel rare talent d'expression offre cet acteur! — Il joueroit moins bien s'il chantoit mieux. Il y a long-temps que je suis pénétré d'une idée : il me ressemble que la *tragédie* lyrique (qui n'est autre chose que la véritable tragédie des Grecs) n'est susceptible que de recevoir l'accent des passions. Leur déclamation notée y doit constituer la plus grande partie de ce qu'on appelle le chant : le chant, qui suppose en général des situations moins violentes, ressemble appartenir plus spécialement aux genres mixtes ou tempérés de la comédie, de la pastorale, etc. Du moins, il est, dans ces genres, une partie dominante, et dans la tragédie, il me paroît une partie subordonnée. Dans Œdipe, par exemple, la scène de la

K 2

malédiction paternelle, toute en récitatif dé-
clamé, l'emporte même, pour l'expression,
sur le chant consolateur et sentimental de la
naïve Antigone. Pourquoi ? C'est qu'avant
le lyrique, est le dramatique; tandis que
l'un charme l'oreille, l'autre trouble le cœur.

CHAPITRE LXXIX.

L'OPÉRA.

LES ACTRICES.

Pourquoi donc tous ces cris, ces inflexions lourdes,
Ces accens prolongés sur des syllabes sourdes,
Ces froids glapissemens, qu'on se plaît à filer ?
Cessez de m'étourdir, quand il faut me parler.

DORAT.

PLUS de Saint-Huberti; plus d'Armide, plus de Didon. Des cris et des éclats, des éclats et des cris, des cris encore et des éclats encore..... Ce n'est pas à vous en qui la nature a tout exagéré, les formes, le port, la voix, les poumons, ce n'est pas à vous que j'adresserai le reproche. Vous suivez votre tempérament, vous obéissez à votre constitution, à votre instinct. Vous êtes conformées pour crier : d'autres sont conformées pour soupirer. On ne jouera pas un air de flûte sur une trompette. Je m'adresse à ces grossiers amateurs, à cette foule igno-

K 3

rante qui crie, *bravo*, lorsque vous détonnez, qui provoque et excite vos mugissemens par des applaudissemens plus convulsifs encore... Cette manie bruyante a encouragé la vôtre; ce murmure flatteur qu'excitent l'apparition de votre colosse, et votre voix tonnante, a perdu votre goût; l'art auroit corrigé la nature; vous auriez conservé une méthode pure, une bonne manière, un organe enchanteur; vous n'avez besoin que de vous retenir; vous n'avez besoin que de saisir une distinction que vous ne sentirez point.

La passion et la sensibilité sont deux choses aussi distinctes que les écarts du cœur et ceux du tempérament.

La sensibilité a aussi son explosion; mais à côté de ces effets profonds, que de nuances fines et délicates ! Didon n'est pas Junon; Armide n'est pas Pasiphaé.

Soyez Clitemnestre, mais ne soyez pas toujours Clitemnestre.

Cette autre actrice, avec moins de moyens, obtient plus d'effet. Elle est en scène, trop peut-être. A force de chercher le pittoresque de l'attitude, qu'elle prenne garde de tomber dans l'affectation. Je ne sais si la reine de Carthage minaudoit. Cette actrice est, du moins, dans la bonne route ; elle ne glapit point, elle chante.

Celle-ci montre de la sensibilité, une connoissance réfléchie de l'art et de son rôle, mais peu de moyens. Antigone, Iphigénie, je puis vous supposer sa voix foible mais sentimentale, son attitude décente, mais mon cœur ne vous supposera jamais ses traits.

Cette autre repousse également l'illusion : je l'entendrai avec délices, si elle veut consentir à chanter dans la coulisse.

Les chœurs !... Passons vîte sans entendre ni regarder.

Vous attendez ici, sans doute, l'histoire, les anecdotes du régime intérieur des coulisses........ Croyez-moi, ne soulevez pas la toile. Et, quel intérêt d'ailleurs, peuvent présenter les aventures de quelques filles..... sur-tout depuis que les aventures de vos femmes surpassent les leurs !

K 4

CHAPITRE LXXX.

L'O P É R A.

LES DÉCORATIONS.

———

Rien n'est beau que le vrai......
BOIL.

IL règne un grand talent dans cette décoration d'Alceste ; les tableaux sont parfaitement dessinés, les costumes sont riches et bien entendus. En général, il y a ce qu'on appelle une grande machine. Mais la première des beautés manque à cet ensemble, la vérité.

Ce n'est point là de l'architecture grecque. Il y a du *grandióse* dans la masse, il y a incohérence dans les détails. Ceux-ci appartiennent au style égyptien, ceux-là au gothique, au moresque, quelques-uns à l'italien, d'autres n'appartiennent à aucun style.

En prêtant à cette architecture la couleur du style grec, elle n'auroit pas celle du style que l'on présume avoir existé à cette époque. Il importe, plus qu'on ne pense, aux progrès des arts qui sont tous liés entr'eux, de conserver réligieusement au style, non-seulement de chaque pays, mais encore de chaque âge, le caractère, la teinte qui le distingue. Ce mot *décoration* égare le génie de l'artiste; il s'occupe en effet de décorer, d'ajuster, d'arranger, de distribuer les effets, de montrer l'art, lorsqu'il s'agit de montrer la nature.

Je voudrois substituer aux mots décorations, les mots *styles, costumes*. Il faudroit alors, consulter la topographie, l'histoire, l'archéologie, la numismatique, les voyages pittoresques, etc. Il faudroit non-seulement paroître artiste, mais encore savant. Et pourquoi ne pas s'entourer de savans instruits du génie de l'antiquité? Il est de l'intérêt de l'administration de les engager à se concerter avec les artistes pour la direction de cette partie.

Alors Thésée, qui au rapport de Plutarque, rassembla les peuplades de l'Attique et éleva les murs d'Athènes, n'habitera point un palais d'un assez mauvais style, mais qui suppose une civilisation très-avancée; j'en

dirai autant du temple de Diane dans la
Tauride. Un monument grec, un ordre co-
rinthien, un fauteuil à crépine dorée ! et cela
chez les Scythes !... Je pourrois multiplier
ces observations, mais le ballet commence.

CHAPITRE LXXXI.

L'OPÉRA.

LA SCÈNE LYRIQUE ET LA PANTOMIME.

———

Des pas tardifs ou prompts la liaison savante
M'offre de cent tableaux une scène mouvante.

DORAT.

TERPSICHORE l'emporte sur Melpomène et Polymnie ; les pieds légers de Vestris foulent la tête de Gluck. Les conceptions les plus profondes ne valent pas, pour un Français, une image voluptueuse. Achille, Agamemnon, tous les héros d'Homère ont cédé la scène au zéphir, dont le vol inconstant est une image naïve du goût des Parisiens.

Œdipe, courbé sous le poids de l'invincible fatalité ; Antigone, ce modèle touchant de la piété filiale, ces chef-d'œuvres de Sophocle et de Sacchini, languissent et ne se soutiennent que par la considération que le public a pour Psyché, dont la représentation fait supporter la première. Que dis-je? Les loges restent vides pendant la pièce et ne se remplissent qu'à l'instant du ballet.

En effet, l'intérêt de la pièce est fondé sur la vertu; l'intérêt du ballet a pour mobile la volupté. La modeste Antigone dans sa piété, vaut-elle Psyché dans sa nudité? Le tableau sublime de la malédiction paternelle, est-il aussi effrayant que le diable vert? La scène touchante du pardon, et le suave, le délicieux trio qui l'accompagne, produiront-ils jamais l'effet, le ravissement qu'excitent l'enlèvement de Psyché qui, sur les ailes du zéphir, se perd et file comme une étoile dans les nuages? Que sont les scènes morales auprès des scènes lascives! Les sentimens les plus purs, l'abandon le plus généreux, exerceront-ils une impression aussi vive que le développement d'un beau bras, d'une gorge arrondie, d'une cuisse faite au tour, d'une jambe fine, d'un pied fripon?

Antigone montre une belle ame, mais Psyché montre un beau corps.

CHAPITRE LXXXII.

L'OPÉRA.

LES DANSEUSES.

———

Et fugit..... et se cupit ante videri.
VIRG.

L'ART d'embraser les sens succède à l'art d'émouvoir le cœur. Je laisse aux mora- listes, aux politiques, à déterminer l'influence de cet art. En attendant, la masse des hommes sensuels fera foule, tandis que quelques hommes sensibles murmureront dans un coin.

Il faut en convenir, cet art de corruption est parvenu au dernier degré de sublimité.

Les hommes et les femmes ne portent qu'un vêtement léger, transparent comme l'onde qui voile des baigneuses. Chaque mou- vement trahit une forme. Les extrémités, les bras, les épaules, la gorge, les jambes, les pieds sont nus ou le paroissent ; un réseau de soie, un tricot léger, souple, ad- hérent, couleur de chair, caresse, moule et dessine le corps. Une gaze limpide et cristalline l'enveloppe ; le souffle de la volupté semble d'accord avec le désir pour l'agiter. Tantôt elle s'entrouve et se referme soudain ; une forme ravissante a brillé comme un éclair ; tantôt, cette gaze ondoye, se balance avec amour et mollesse, sur des contours qu'elle semble baiser ; tout-à-coup repoussée par leur fermeté ou leur élasticité, elle s'écarte au gré de la coquetterie, voltige, s'arrondit en conque, et laisse appercevoir jusqu'au berceau le plus secret des amours ; c'est Flore mourante sous les baisers du zéphir ; c'est Vénus enlacée dans les bras d'Adonis ; c'est Callipige souriant à sa beauté.

CHAPITRE LXXXIII.

L'OPÉRA.

VÉNUS ET PSYCHÉ.

—

.... L'Olympe est sur la terre.

LA FONT.

LE dessinateur des ballets a calculé pour vos plaisirs tous les degrés, toutes les nuances, tous les contrastes de volupté; tantôt, il vous les fait parcourir lentement. C'est ainsi qu'on effeuille négligemment une rose. Tantôt, il les promet sans les montrer, ou les montre tout-à-coup sans les avoir promis. Il vous promène dans un dédale de féeries.

Il varie les situations, les poses, les caractères, les formes.

Ici, une danseuse s'avance seule et aussi brillante que les fleurs qu'elle balance; elle se joue comme l'innocence, s'élance comme le désir, se pose comme la rêverie, s'enlace comme la volupté, se précipite comme l'abandon, succombe comme l'épuisement, se varie comme le plaisir, et tourne comme la coquetterie.

On diroit qu'elle vous a fait épuiser à la fois toutes les sensations. Un nouveau tableau succède : la majesté a remplacé la volupté. Quelle fierté, quelle perfection de formes présente cette Vénus! C'est elle-même. Cet Amour est un Amour, ces Grâces sont des Grâces telles qu'Ovide les décrit, telles qu'Albane ou le Corrège les dessinent. Les objets les plus aimables de la nature semblent avoir servi de types à leur imitation. C'est le vol du papillon qui vient de baiser les fleurs ; c'est la légéreté de cet insecte charmant qui, porté sur des ailes brillantes, file et se balance au bord des étangs ; c'est la grâce et la majesté du cygne, qui nage et se déploie sur les eaux ; c'est la colombe qui plane et s'abat amoureusement ; c'est une flèche qui fend l'air ; c'est une fleur agitée sur sa tige.

Ajoutez à ces tableaux, la magie des décorations, le charme de la situation, l'intérêt du contraste : animez-les de la passion la plus profonde ; parcourez tous les degrés, tous les âges, tous les rangs, toutes les conditions ; réalisez les peintures les plus ravissantes

santes de nos romanciers; épuisez les prestiges de la baguette et des enchantemens;
transportez sur le théâtre les poses, les attitudes, les groupes, que le ciseau de l'antiquité a répétés sur tant de bas-reliefs charmans; peignez l'abandon, la piquante nudité
des danseuses d'Herculanum, les pas des Bal-
liadères ou des Almé; montez dans l'Olympe,
évoquez Hébé, Flore, tous les Amours, la
Beauté et les Grâces; ne formez qu'une seule
image de toutes les images éparses sur la
toile de l'Albane, dans les poésies d'Ovide,
du Tasse et de l'Arioste; vous n'aurez qu'une
idée imparfaite de ces scènes de volupté.
Vous, dont les sens usés ne peuvent plus
s'enflammer, venez vous asseoir à l'orchestre,
contemplez ces chaînes amoureuses, ces groupes lascifs, ces enlacemens libertins; voyez,
en un tour de pirouette, s'offrir, dans tout leur
développement, les appas les plus secrets de
Phryné ou de Laïs; vous les caressez de l'œil
et de la pensée. Plus heureux que le sublime sultan, choisissez parmi ces vingt
filles qui, à un signal donné, s'élancent,
s'unissent, se divisent, se reprennent, se
défient, se poursuivent, se balancent, se
développent, s'épanouissent comme des roses.

Tome II.   L

En vain j'essaie de peindre! Venez voir Pâris ou Psyché. —

On voit bien, mon cher Asmodée, que vous êtes le démon qui préside à la volupté: elle respire dans votre narration. Si nous lisions cette description dans Pétrone ou dans Apulée, nous nous récrierions contre la corruption de l'antiquité. Et ce spectacle est celui d'une grande nation régénérée!.... Et ce théâtre s'appelle *Théâtre de la République et des Arts !* .... Et lorsque toutes les institutions morales sont nulles, cette institution de corruption fleurit et se place sous la protection du gouvernement !...... Et les épouses, les mères de familles, les jeunes filles, les jeunes gens vont recevoir de pareilles leçons ! Pardonnez - le moi, je vous semble déjà rustique et sauvage. Je vais vous paroître simple et ridicule. Ces scènes présentent plus de lasciveté que de volupté véritable. O divine volupté, comme tu es outragée ! Comme ton nom est profané ! Combien les mortels te méconnoissent !.... Le regard timide d'une vierge ingénue, la douce agitation de son sein voilé, sa main tremblante, une larme au bord de la paupière, un geste, un mot, un sourire, la retenue, l'innocence, la crainte de déplaire, l'absence même et ses tourmens, la joie naïve, la douleur sentimentale, la réserve, la pudeur; voilà l'unique et véritable volupté.

Terminons par une phrase cinique, c'est le lieu qui l'inspire. Nos peintres modernes, disoit Diderot, ne nous montrent, dans leurs portraits de femme, que des culs et des tétons. J'aime beaucoup à les voir, mais je ne puis souffrir qu'on me les montre. Je suis de l'avis de Diderot.

L 2

CHAPITRE LXXXIV.

MELPOMÈNE.

Melpomène propose
D'abaisser son cothurne et de parler en prose.
VOLT.

ILS parcoururent ainsi tous les théâtres. Une soirée est consacrée à la muse tragique.

Un poëte ancien disoit que ses tragédies étoient les reliefs des festins d'Homère.

Deux ou trois jeunes gens ramassent ainsi de nos jours, les miettes de la table de Racine et de Voltaire.

Ces copies savantes conservent la tradition du goût et des principes.

Il faut qu'un mérite difficile soit attaché à ces sortes de compositions, puisqu'elles sont si rares.

Dans la conception de la tragédie, les anciens me paroissent s'être élevés au *beau idéal*. Ils ont agrandi et embelli les tableaux. Les personnages étoient *choisis* parmi les rois, les héros et les dieux.

L'élévation des acteurs a motivé celle du style et l'éclat de l'action. Tout, excepté le développement des passions, a été dessiné dans des proportions au-dessus de celles que présente la nature, et en voulant élever ainsi le genre, peut-être l'a-t-on affoibli. En effet, ce n'est pas Œdipe roi, c'est Œdipe malheureux qui intéresse; ce n'est point le dogme de la fatalité, mais la piété filiale d'Antigone, qui fait couler les larmes; ôtez aux récits de Sophocle la couleur poétique, ne leur laissez que la teinte sentimentale, l'effet est le même. Le charme des vers n'arrive qu'à l'oreille du littérateur : s'il a été nécessaire d'imprimer le charme de la poésie aux *genres de récit* qui, tels que le genre didactique, semblent rechercher, pour exciter et soutenir l'attention, des beautés étrangères; il faut convenir que le besoin de cette parure n'existe pas pour les genres d'action, parce que l'action seule contient l'intérêt le plus puissant, parce qu'enfin l'expression simple et naïve ajoute à la vérité du tableau.

Combien les beautés de style ont fait négliger les beautés de situation ! Le mot de la passion est-il toujours élégant, sonore et rithmique?

L 3

Il y a plus : si le style n'est point naturel, la déclamation cesse de l'être.

Ce n'est plus une conversation, c'est un chant. Le talent d'un grand acteur consiste à faire disparoître, dans le débit, cette harmonie toujours sensible des retours de la rime, de la mesure, de la coupe artificielle des vers.

A l'exemple de ces peintres qui plongent de grandes masses dans l'ombre, pour repousser en avant l'objet principal, l'acteur doit souvent sacrifier des tirades entières à une seule phrase. Il glisse sur une page et s'arrête sur une ligne. Eh bien, alors presque tous ne font valoir qu'un vers, ainsi qu'ils le disent : et il est très-rare que le trait dominant de la situation soit placé sur le plus beau vers. La convenance que j'appelerai sentimentale et la convenance poétique, sont deux choses fort distinctes. Ici commencent les contre-sens des acteurs. Celui-ci, doué d'une taille élégante, d'un port noble, d'une voix tonnante, est tout entier au soin d'enfler ou de dégrader insensiblement son organe, il met tout l'effet en *piano* et en *forte* qui naissent tout-à-coup, soit de sa lassitude, soit de son caprice ; ne lui demandez point d'analyser un rôle, une tirade, un vers. Il a crié, il s'est radouci, il a crié encore, une inflexion plus calme a succédé. Depuis vingt ans, il ne fait pas autre chose, et la multitude applaudit.

Cet autre n'a point placé l'expression sur des ports de voix, mais dans l'attitude et le geste. Il est plus curieux de paroître bel acteur que grand acteur. Toutes ses poses rappellent le modèle. C'est un mannequin dramatique.

Eh sans doute, l'expression doit animer le langage et le geste, mais elle n'est pas concentrée dans l'un de ces signes exclusivement. La passion doit vous entraîner et vous gouverner, pour ainsi dire, à votre insçu. Tantôt elle brille dans vos yeux et sur tous les traits de la physionomie; tantôt elle la couvre d'un voile, elle précipite ou suspend vos pas égarés, donne à votre organe l'accent de la sensibilité profonde, etc. Ce n'est pas là un résultat de calcul, mais de sentiment.

Calculez au fond du cabinet, mais passionnez-vous sur la scène.

J'ai déjà entendu trente fois Dorval dans la même pièce; trente fois il est entré de même, il a rigoureusement parcouru le même espace; ses pieds se sont alignés à la même position; son bras élevé, à la même hauteur, s'est développé de même; il a soupiré méthodiquement, son attitude est symétrisée; avant de parler, il a regardé trois fois le public, s'est retourné d'un air tout particulier et a prononcé, sur un ton combiné, ce couplet que vous pourrez réciter avant lui, si vous l'avez entendu une fois, car il n'y changera pas une note.

Voilà où conduit le besoin de déclamer; et pourquoi déclamer? Je vous entends: je veux faire siffler ces serpens sur la tête d'Oreste. — Ah! tu t'occupes dans tes convulsions de l'harmonie imitative — Je veux faire entendre le cri de l'essieu qui se rompt. — Et cela aux oreilles d'un père auquel tu annonces le trépas, l'horrible, l'injuste trépas de son fils immolé. Je veux.... — Et moi je veux que vous soyez toujours dans les bornes de la nature; que vous en consultiez l'expression: semblable à ce Polus, qui déplorant le trépas d'Oreste, fit porter devant lui l'urne de son fils unique, que la mort venoit de frapper. Athènes fondit en larmes. Ah! sans doute Polus ne s'occupoit point alors de faire entendre un *bel organe*, de développer un *beau corps* ; il ne cherchoit point une attitude étudiée : il étoit père, il pleuroit.

Peut-être chez les anciens où la grandeur des théâtres obligeoit les acteurs à monter sur des cothurnes, à prendre des masques, étoit-il nécessaire de marquer une exagération qui disparoissoit par l'effet de la perspective ? peut être encore la distance commandant à la voix, de grands repos, fit-elle sentir le besoin des intervalles mesurées, et c'est ainsi que la poésie naquit ou se maintint sur la scène.

Il n'en est pas de même sur nos théâtres, qui ne sont, pour ainsi dire, que des salons assez vastes de société. L'acteur est près de nous ; l'œil le suit comme la pensée. L'illusion n'est point complète dès que l'art se montre. L'art se fait trop sentir, et dans votre langage affecté et dans vos gestes étudiés. Cette rime monotone qui vous fait sourire lorsque le peuple la mêle à ses propos, vous la retrouvez dans les discours des héros ou des rois. Le désespoir aligne ses fureurs et ne doit s'exprimer qu'en périodes harmonieuses........ Acteurs, si je vous suivois dans le commerce de la vie, je vous opposerois quelquefois à vous - mêmes. Lorsqu'auprès d'un tapis vert, où vous avez tout perdu, vous vous livrez à un véritable désespoir.... Très-bien, dirois-je, retenez ce ton ; voilà, voilà, l'attitude d'un homme furieux ! Votre maîtresse ou votre ami vous abandonnent ; la calomnie vous poursuit : je vous surprends dans un morne abattement ; avouez-le, vous seriez bien ridicules alors si vous compassiez votre ton, votre geste, vos douleurs. Eh ! que faites-vous donc ?

CHAPITRE LXXXV.

le Drame.

---

*Homo sum. Humani nil à me
alienum puto.* Térence.

Trois fois honneur au génie philosophique de Diderot, à l'originalité heureuse de Beaumarchais, dit à leurs côtés un patriarche du drame, dont le nom cimbrique est Recimer. Les personnages qu'il place sur la scène, ne sont ni des héros, ni des rois, ni des dieux ; ce sont des hommes.

Ils parlent comme on parle ; ils se meuvent, ils marchent comme on se meut, comme on marche.

Agamemnon immolera-t-il sa fille ? Clitemnestre égorgera-t-elle son mari ? Œdipe a-t-il tué son père ? Dépouillez ces actions du charme des beaux vers, le fond n'en demeure pas moins horrible. Les scènes vraiment attendrissantes, telles que les scènes qui développent le beau caractère

d'Iphigénie ou d'Antigoune, n'appartiennent
point spécialement à la tragédie ; elles y sont,
par les règles du théâtre, secondaires ; mais
par les lois invincibles de la nature, les premières : ces crimes solemnels ne sont pas dans
les mœurs ordinaires ; ils n'ont qu'un rapport
éloigné avec tout ce qui nous affecte. Ma famille, celle de la société, dont je fais partie,
m'intéresse bien autrement que la scélérate
famille des Atrides. Je suis père, époux,
citoyen, je suis homme. Montrez-moi des
hommes, des citoyens, des époux, des fils,
des pères. Soyez d'abord moraliste, vous
serez ensuite poëte si vous pouvez.

Il n'est plus de Clitemnestre ; mais il est
encore des épouses adultères. Il n'existe
point d'Œdipe ; mais il existe des fils ingrats.
Il n'est point d'Athalie ; mais il est des mères
coupables, indifférentes. N'avons-nous pas
vu la plus belle des femmes, Lescombat, faire
assassiner son mari par son amant, l'entraîner
à l'échafaud, y mourir avec lui ? N'avons-
nous pas vu dans des temps horribles, des fils
dénoncer leurs pères ? N'avons-nous pas vu
des mères dénaturées méconnoître des enfans
qui les honoroient ? et il suffit ici de nommer
Madame de Tencin et d'Alembert ; Madame

de .....et Champfort. Quand vous aurez fait justice de ces fureurs inouies, de ces préjugés odieux, lorsque votre siècle, votre nation ne fourniront plus de grands sujets à votre pinceau, alors vous évoquerez les tableaux de l'histoire et de la fable.

— Arrêtez-vous cependant : n'allez pas, à l'exemple de je ne sais quel auteur italien moderne, montrer un tyran qui, sur la scène, crève les yeux à des esclaves, tandis que dans le fond du théâtre on attache des malheureux à des gibets ou sur des roues.

Ces représentations produisent un effet contraire à celui qu'elles se proposent d'obtenir. Elles effarouchent les esprits, et endurcissent les cœurs.

Dans les jeux du Cirque, où le sang humain couloit, les Romains retrouvoient une image de la guerre; et cette institution de leur déplorable politique, au lieu de les rendre plus courageux, finit par les métamorphoser en tigres féroces et lâches. Jamais ces spectacles ne furent plus multipliés que sous les empereurs. Jamais l'espèce humaine ne fut plus barbare et plus vile.

Qu'on interroge, avant de les conduire à la mort, les assassins qui, dans ces der-

niers temps, ont épouvanté la nature par
de nouvelles cruautés, ils vous diront, sans
doute, que la lecture des ouvrages, tels que
Justine, *Aline*, etc.; que les représentations de ces pièces, dont les héros sont
des brigands, ont alimenté et exalté leurs
principes d'immoralité. (En vain vous placez
la punition sur les pas du crime: le scélérat
ne voit, ne calcule que la possibilité d'y
échapper.)

Ces exemples d'atrocités, ces images du
crime effraient les gens vertueux, qu'il est
inutile d'effrayer; et si elles n'achèvent pas
de corrompre le scélérat, elles déposent du
moins, dans son imagination, des semences
auxquelles le hasard, les circonstances peuvent faire porter des fruits de mort.

Alors, tel homme qui n'auroit été que
passionné, deviendra assassin. Egaré dans
un bois avec une femme, s'il est sûr de
n'être point apperçu, il levera peut-être,
sur le sein de l'infortunée, un poignard,
parce qu'une pareille situation, présentée
sur vos théâtres, aura ébranlé fortement
son imagination.

On n'ose approfondir combien est fécond
le principe de l'imitation, qui, directement

u indirectement, détermine la plupart de
nos actions. L'art des anciens législateurs
consistoit à conduire les hommes à la vertu,
par l'exemple continuel des vertus.

Il vaut mieux donner au spectateur des
leçons que des attaques de nerfs.... Observez
l'instinct moral du peuple. Si la moindre
étincelle de vertu sort d'une situation et
anime la scène, il applaudit.

> Consultez, écoutez pour juges, pour oracles
> Les hommes rassemblés : voyez à nos spectacles,
> Quand on peint quelque trait de candeur, de bonté,
> Tous les cœurs sont remplis d'une volupté pure,
> Et c'est là qu'on entend le cri de la nature.
>
> GRESSET.

Cette remarque est très-vraie. Je ne connois que Colin-d'Harleville, qui par instinct, autant que par réflexion, en ait fait son profit.

Je crois que le voisinage de la tragédie a gâté le drame. Cela est si vrai, qu'à sa naissance, il fut appelé *tragédie bourgeoise*, définition ridicule au fond et dans l'expression.

Le drame n'est point consacré exclusivement à faire couler les pleurs, ou à exciter le rire; mais à présenter l'image naïve des conditions et des événemens de la vie humaine. Il ne forme point un genre particulier : *le drame est une imitation fidelle de la nature, dirigée vers un but moral.*

Quelques dramaturges ont ressemblé ces pieux et fervens missionnaires, qui prêchoient une tête de mort à la main, et qui mettoient toute l'éloquence en silence ou en points d'exclamations. Dans ce genre on peut citer quelques mouvemens heureux, comme ceux de Bridaine. Il en parut, dans le temps, une critique assez plaisante, intitulée *Cassandre, ou les effets du vert-de-gris.*

Mais, si quelques auteurs ont prêté le flanc à la critique, le drame n'en demeure pas moins inattaquable, considéré sous les rapports scéniques et moraux. Voltaire lui-même a laissé un drame, intitulé : *La Mort de Socrate.* Ses comédies sont des drames; mais de tous, *le Père de Famille,* par notre immortel Diderot, est et sera long-temps le premier.

CHAPITRE LXXXVI.

CHAPITRE LXXXVI.

THALIE.

———

> Que la nature donc soit votre unique étude,
> Auteurs qui prétendez aux honneurs du comique.
>
> BOIL.

LE lendemain, ils se rendirent à Feydeau.
Thalie paroît présider elle-même à ce théâtre,
qui devroit porter son nom.

> Un jour, rassemblant ses sujets
> A l'ombre des lauriers, dans un bois du Parnasse;
> Je partage entre vous ma gloire et mes bienfaits,
> Dit-elle. Devienne aura l'un de mes traits.
> D.... prendra ma grimace;
> A Mézerai je prêterai la grâce;
> A Joli, ma finesse; à Molé, l'abandon;
> De ma légéreté, Fleuri, brillant modèle,
> Saura papillonner, se varier comme elle.
> Molière, ô Grandmesnil! t'inspirera le ton.
> Michault a quelquefois celui de la nature.
> Baptiste, avec plus d'art, et plein de dignité,
> Superbe, étalera son port, sa majesté....
> Tel aura mon sourire et telle ma figure.
> Mes divers attributs sont épars, entre vous:
> Seuls, Préville et Contat les réunissent tous.

Tome II. M

Il me semble que, dans ce madrigal,
vous avez rassemblé des noms unis par le
talent, mais divisés. — Par l'intérêt, par la
jalousie, par les haines de métier et de révolution. Le public, étranger à ces querelles,
se plaît à partager, entre ces grands artistes,
les palmes du théâtre. — Ces querelles ont
eu lieu dans tous les siècles et dans tous les
temps. Les Romains dégénérés prenoient
parti pour Pilade ou pour Bathille. La législation descendoit jusqu'à eux. Tantôt on
leur faisoit l'honneur de les exiler, et tantôt
le peuple entier les ramenoit en triomphe.
Vous avez supposé que Thalie composoit
des madrigaux : je suppose, à mon tour,
qu'elle dicte des loix. Vous aurez parlé en
homme de goût; je me contente de parler
en homme raisonnable.

PROJET DE LOI, ET CONSIDÉRANT.

CEJOURD'HUI, les chambres du Parnasse
assemblées, Molière président, Momus se-
crétaire, Thalie faisant l'office de rappor-
teur, les chambres, considérant que la comédie a été instituée pour plaire et instruire;

Considérant que la révolution a mis en
mouvement une foule de ridicules et de
caractères extrêmement variés;

Considérant que l'art du théâtre doit, comme toutes les institutions, tendre à la perfection ;

Considérant que, sous le despotisme même, cet art dut une grande partie de ses ressorts et de ses succès, à une ombre de liberté ;

Considérant, enfin, que cet art est un pouvoir moral ; qu'il cache l'instruction sous les fleurs, et la sagesse sous le masque de la folie ; qu'il donne à la vertu les traits de la volupté, à la philosophie la ceinture des Grâces ; qu'il ne se propose point seulement d'imiter, mais de réformer, de diriger les mœurs, arrêtent ce qui suit :

CHAPITRE LXXXVII.

STATUTS DRAMATIQUES.

Tous les genres sont bons, hors le genre ennuyeux.
VOLT.

ARTICLE PREMIER.

Nous recommandons aux architectes, peintres, décorateurs, de rendre cette vérité sensible par les allégories dont ils embelliront les salles de spectacle.

Nous voulons, sur - tout, que ces allégories soient aimables et simples. En conséquence, nous proscrivons des susdites décorations : 1°. Les masques, qui rappellent des usages étrangers à nos mœurs ; qui, d'ailleurs, sur la scène des anciens, perdoient, par l'éloignement, une partie de leur hideuseté, et qui effraient les femmes et les enfans ; 2°. Les peintures lascives qui les corrompent ; 3°. Les ornemens bizarres qui annoncent une imagination capricieuse, plutôt qu'un goût pur et réglé, etc.

I I.

PEUT-ÊTRE conviendroit-il d'assigner aux
femmes une place distincte et séparée des
hommes. Cette disposition avoit lieu chez
les anciens. La décence publique et les
mœurs y gagnoient. Il y auroit moins d'intrigues au fond des loges, et celle de la
pièce seroit écoutée avec plus d'intérêt;
mais renvoyons l'exécution à l'*An* 2240.

I I I.

ACTEURS ET ACTRICES.

COMME il nous convient d'être indulgens;
sachant, d'ailleurs, que l'on peut très-bien
représenter les vertus sans les posséder,
dispensons, par les présentes, les acteurs et
actrices d'une très-grande sévérité de mœurs
intérieures et privées, pourvu qu'ils s'ob-
servent en public; qu'ils n'affichent point
leurs travers, et qu'ils laissent tomber, sur
les vices de la profession, un voile de dis-
crétion et de bienséance.

Et néanmoins, s'il se trouve, dans la
troupe (on a vu se réaliser ces prodiges),
un homme qui ne soit pas intéressé, une

M

femme qui ne soit pas galante, voulons qu'il leur soit érigé une statue et décerné une couronne.

I V.

ATTENDU que toute réforme ne peut s'obtenir que lentement et partiellement, nous tolérons les entrées aux foyers, petites loges, etc. Habilleurs, déshabilleuses, etc. continueront de s'y rendre comme par le passé, ne voulant pas faire de la maison de Thalie une maison de trapistes, et n'ayant aucun droit d'exiger de ses vestales plus de retenue que vous n'en demandez à vos femmes.

V.

NOUS n'exigeons d'elles que le soin de s'observer sur la scène, de ne point adresser des œillades aux spectateurs, de ne point se retourner à tout moment du côté des coulisses, et de sacrifier à la vérité du costume l'envie de faire parade de la robe et des ornemens conquis sur tel adorateur, ce qui désespère encore plus les connoisseurs que les rivales.

V I.

ELLES doivent songer à ne faire briller que le personnage et non l'actrice.

V I I.

TELLE, dans le moment du plus complet abandon, dans la situation la plus déchirante, songe encore à développer un bras arrondi, ou une jolie main ; si elle doit se précipiter et tomber, elle se précipite et tombe ....
comme sur un sopha. Renvoyons au bou-
doir.

V I I I.

CELUI-CI gesticulateur convulsif, parle des yeux, de la main, des jambes, de tout le corps. Cet autre se perd et roule dans une éternelle pirouette. L'un sera toujours en-roué, l'autre grasseyera toujours. Chez cet autre, le geste précédera la parole ; il indique encore plus qu'il n'exprime. Il a tout calculé, et le nombre de ses pas, et les piano et les forte, les crescendo de chaque tirade. On leur pardonne en raison de leurs rares talens ; mais il est défendu au troupeau des imitateurs de copier ces défauts, qu'ils ne racheteroient point par les mêmes beautés.

I X.

ORDONNONS la création d'un jury dra-matique.

X.

CE jury prononcera sur les pièces soumises à l'administration.

XI.

IL sera composé d'administrateurs, d'hommes de lettres et d'artistes. D'administrateurs, pour l'intérêt de l'entreprise; d'hommes de lettres, pour l'intérêt de l'art; d'artistes, pour l'intérêt de l'exécution.

Trois intérêts plus difficiles à ménager que celui qui résulte de la règle des trois unités.

C'est la division de ces trois intérêts qui a porté le trouble et l'anarchie au sein des théâtres.

L'administrateur n'a vu dans tel drame qu'un objet de spéculation; et considérant l'œuvre du génie comme une marchandise, il l'a pris comme un effet sur la place au cours de l'opinion, et non au prix de sa valeur intrinsèque.

Il en est résulté un renversement d'idées bien remarquable : les pièces devroient diriger l'opinion, mais alors l'opinion a dirigé les pièces de théâtre.

L'homme de lettres ne feroit peut-être

point assez de part à ces considérations du moment, qui sans précipiter la balance doivent
cependant y entrer.

L'artiste ne juge que les détails d'exécution.
L'architecte a-t-il jamais reçu l'ordre des ouvriers qu'il emploie?

X I I.

CE jury sera renouvelé.

X I I I.

NE pouvant et ne voulant à cet égard établir des règlemens de rigueur, nous et tous les
gens de bien vouons au mépris public tout acteur ou actrice qui ayant plus de dix mille fr.
de rentes osera se plaindre, sur - tout dans les
circonstances actuelles, de la médiocrité de ses
appointemens ; attendu qu'un législateur n'a
que six mille fr., attendu que le premier géo-
mètre de l'Europe, Lagrange, ne possède
peut-être pas autant ; attendu que les membres
de l'institut n'ont que mille cinq-cents fr., et
que les trois quarts d'entre eux, qui ont
rendu de grands services aux lettres, aux arts,
aux sciences, à l'humanité, ont une famille à
soutenir ; tandis que plusieurs des grands

hommes de théâtre, n'ont que des vices à alimenter.

XIV.

VOULONS que parmi les drames anciens on s'attache à conserver les chef-d'œuvres de l'art, les pièces de caractères; 1º. parce que les caractères restent au fond les mêmes; 2º. parce qu'on ne sauroit trop rappeler les principes de l'art.

Mais nous pensons qu'il y a beaucoup à élaguer dans l'ancien répertoire, et ne consultons ici que les loix de la critique et du goût.

Nous rejetons tout ce qui offense la nature, soit par une sotte exagération, par un ton affecté, par des niaiseries outrées; soit par un cinisme bas, par une grossièreté révoltante, par une fausse popularité. C'est entre ces deux extrêmes que se trouve la bonne comédie.

Deux hommes sont à la tête de ces systêmes qui ont dépravé l'art. Marivaux l'à égaré dans une délicatesse recherchée; Dancourt l'a précipité dans un trivial dégoûtant. On ne vit plus que des scènes métaphysiques, ou des farces crapuleuses. Le dégoût

de ce dernier genre ramena à ce qu'on
appeloit le bon ton. Mais, premièrement,
les gens du bon ton, n'ayant que des manières et point de caractère, faisant con-
sister leur principale étude à voiler leurs passions, ne présentèrent que des physionomies
uniformes et sans traits. La comédie languit;
et l'intérêt, ne pouvant exister, ni dans le
développement des caractères, ni dans le
choc des passions, on la chercha dans le
style. Au lieu de situations piquantes, on
eut des dialogues bien écrits.

On s'est rattaché à ce dernier genre dans
la révolution, et par esprit de contradic-
tion, et par esprit de parti. On retrouvoit
au théâtre des ordres, une noblesse, les titres, les dignités, le salon, les intrigues.
Applaudir à des gens du bel air, c'étoit se
montrer homme comme il faut.

Pour faire cesser ces abus, ordonnons,
qu'à l'exemple de notre féal Molière, on
ne mettra sur la scène que des marquis ridicules, et des prêtres hypocrites.

Et à l'égard des pièces *charmantes* de
Marivaux, Boissy, Dorat, etc. etc.... ordonnons qu'il en sera joué trois au moins
à-la-fois, et de suite : c'est le seul moyen

d'en bien faire sentir le vide et le néant.

X V.

NOUS adoptons, avec reconnoissance, les pièces dites de circonstances . . . . . ; mais nous mettons à cette adoption des conditions :

1°. Lesdites pièces ne seront pas dispensées de présenter au fond un intérêt au moins égal à celui qu'elles emprunteront des circonstances.

2°. Nous les astreignons pareillement aux règles fixées par le bon goût. Nous voulons que le poëme présente une action et des développemens, soit de caractère, soit de situation.

3°. A ce mérite, il faudra joindre celui du style. Ceux qui n'ont point ce talent, sont renvoyés au théâtre de la Pantomime, dite, je ne sais pourquoi, nationale.

Que vous êtes heureux, Comiques de la France !
Des faux dévots, jadis, la détestable engeance,
Ne vous permettoit pas de tracer leurs portraits.
Le Tartuffe, long-temps, fut en but à leurs traits,
Et de monsieur Suard il falloit le paraphe,
Pour risquer sur leurs mœurs le moindre paragraphe.

Les temps, mes chers amis, sont bien changés pour vous !
Aristophane même en eût été jaloux.
La révolution vous ouvre un champ immense,
Où les fleurs et les fruits croissent en abondance.
Et combien de sujets tendres, joyeux, moraux,
S'offrent de toute part à vos légers pinceaux !
Quelle riche moisson de travers, de sottises !
Que de projets manqués, de folles entreprises !
Et de vices nouveaux quel ridicule essaim !
Des courtisans d'abord percez gaîment le sein ;
Peignez-les au milieu des cabales, des brigues,
Se traînant chez vos rois, d'intrigues en intrigues,
Et sans trop les grossir, mais sans y rien changer,
Des abus d'autrefois montrez tout le danger.
Exposez au mépris, sur-tout à la risée,
Des vieux prélats de cour la conduite rusée.
Et ces jeunes abbés, ne croyant pas en Dieu,
Qui puisoient leurs sermons dans Pétrone et Chaulieu.
Des ministres, sur-tout, dévoilez les maximes,
Et sondez de leur cœur, les ténébreux abîmes.
C'est là que reposoient, avec impunité,
L'orgueil, l'intolérance et la duplicité.
Du Cléon que peignit le comique de Grèce,
Ils avoient l'impudence et la scélératesse.
Aux ministres nouveaux rappelez les erreurs
De ces ambitieux, dont les sombres fureurs
Du sang des citoyens ont inondé l'empire ;
Et rendant fructueux les traits de la satire,
Aux dépens du passé, corrigez le présent.
C'est peu d'être solide, il faut être amusant.
Gardez-vous, toutefois, d'injurier Socrate :
Ne vous en moquez point, fût-il aristocrate ;

Et réprimant l'essor de votre esprit railleur,
Ainsi que la vertu, respectez le malheur.

● . . . .

Vous avez révélé les scènes du boudoir;
Ne vous reste-t-il pas les caquets du parloir?
Au temps du bon Molière, il étoit des marquis,
Dont les mœurs, les propos, les airs sembloient exquis,
Et dont il rabaissa la brillante insolence.
Vainement la raison vient d'éclairer la France :
Il est, il est encore de ces fiers hobereaux,
Dont la stupide morgue affecte vos pinceaux;
Tirant de leurs aïeux toute leur énergie,
Qui pensent qu'on n'est rien sans généalogie,
Et qu'il faut retrancher du nombre des humains,
Tout mortel qui n'a point d'antiques parchemins.
En vain des droits de l'homme un citoyen se pare;
Tel gentillâtre encore hautement vous déclare,
Que la France est perdue et touche à son déclin,
Parce qu'on a détruit les bureaux de Chérin.
Apprenez aux mortels qu'égaux par la naissance,
Il seront tous pesés dans la même balance;
Et de ces hobereaux, rétifs à la leçon,
Brisez légèrement l'orgueilleux écusson.

. . . .

Quelqu'image, en un mot, que votre main retrace,
Si vous voulez charmer l'Olympe et le Parnasse,
Egayez la raison, sans offenser les mœurs.
Ne faites point rougir les neuf pudiques sœurs.
Et n'oubliez jamais que, pour plaire à Thalie,
Il faut que la décence à la gaîté s'allie.
De Crispin, direz-vous, dois-je faire un Caton
Calquer sur Honesta la folâtre Marton,

Et du froid la Chaussée, en robe doctorale,
Longuement ressasser la dolente morale?
Non : mais la liberté veut un juste milieu (1).
. . . .

(1) Cubières.

CHAPITRE LXXXVIII.

L'Opéra-Comique,

In tenui labor........
Virg.

Quelques jours après, on donna aux Italiens une pièce nouvelle. Les inséparables y coururent : ils causèrent, en attendant que la toile fût levée.

—Nous avons vu que, de la tragédie, étoit né le drame, fils de famille qui donne des espérances. La comédie a produit les proverbes, ce sont les avortons du genre, et la farce, qui en est le déshonneur. L'opéra-comique est le bâtard de l'opéra. On y parle, au lieu de réciter; on y fredonne, au lieu de chanter. Là, c'est l'aria; ici, c'est l'ariette. — Il s'est fait une révolution dans ces derniers temps. Le système de l'égalité a paru s'emparer des théâtres. On a donné de petites pièces au grand théâtre de l'Opéra, et de grandes pièces sur les petits théâtres

de

de l'opéra-comique. Mais, qu'en est-il résulté ? L'opéra-tragique n'a pas su être comique, et l'opéra-comique n'a pas su être tragique. — Prenez garde. Vous n'appelez pas ces théâtres de leur véritable nom. L'un se nomme le Théâtre Lyrique, et l'autre le Théâtre des Arts. — Passons, monsieur; les noms ne font rien à l'affaire. Il faut l'avouer, les acteurs du Théâtre Lyrique, puisque vous le voulez, ont bien mérité du public. Cette salle, autrefois gothique, ridicule, obscure et sourde, est un boudoir frais, sonore, magique et brillant. Ils ont eu le bon esprit d'appeler, pour les décorations des pièces, nos plus corrects dessinateurs, Percier, Thibault, Fontaine; et ces dessinateurs ont eu, à leur tour, le bon esprit de présenter, avec vérité et précision, la nature, le site, le style, les costumes, tels qu'ils existent. Rien n'est plus parfait, dans ce genre, que les décorations de Zulnare. Néanmoins, le rire me saisit, lorsqu'au dernier acte, je vois s'avancer ces chameaux à dos d'homme, et dont les jambes, en bas de soie, ne peuvent être dissimulées, quelqu'artifice qu'on apporte pour les cacher au spectateur. — Ne se lassera-t-on pas de

Tome II.   N

mettre des bêtes sur la scène? Je puis applaudir un instant à la beauté des chevaux
de Franconi; mais ces froides images de
carton ne sont bonnes que pour amuser les
enfans. — Ah! le public est souvent un grand
enfant : il ne faut pas juger rigoureusement la
plupart de ces pièces. — Le meilleur moyen
d'obtenir de bonnes pièces, est de faire justice des mauvaises. — Le chant de cet acteur vous demande grâce pour les paroles.
Quel délicieux gazouillement! quel débit
facile! quelle pureté de sons et de méthode!
Le public inconstant commence à lui re-
procher ce ramage, qu'il avoit long-temps
provoqué par ses applaudissemens. Si ce
genre, si ce luxe de broderies est déplacé
dans une scène de sensibilité et d'expression,
il convient à celle de la joie et de la gaieté,
dont les éclats sont impétueux et désordonnés. J'ai remarqué que les musiciens,
qui accréditoient les reproches faits à ce
chanteur de prodiguer trop les agrémens,
n'avoient eux-mêmes aucune légéreté dans
la voix. Et je leur en demande pardon, je
préférerai toujours les roulades brillantes du
rossignol aux tristes roucoulemens de la
tourterelle, et la vivacité, l'expression du

genre italien, à la froideur, à la monotonie du genre français.

Mais quel sujet a provoqué votre sourire en voyant paroître cette actrice charmante, instruite par la nature et dont chaque mouvement est une grâce ? — Une anecdote. — — J'aime les anecdotes. — Que je vous garantis; mais que je ne dis qu'à l'oreille. Le croiriez-vous ? Autrefois la religion étoit une comédie, aujourd'hui la comédie est une religion. Les pièces sont édifiantes, et les actrices sont dévotes. Dans les pièces on s'écrie à chaque instant : *Il est un Dieu ! ...... Il est une providence ! ...... Bonté divine ! ....* On gémit sur une croix brisée. Le temps approche où l'on dira : *O Sainte-Vierge ! Jésus ! O mon Sauveur !* L'opéra comique est un couvent.

Parmi ces actrices, l'une se jette tous les soirs aux pieds d'un prie-dieu (ce que je vous dis est véritable) et demande religieusement pardon au dieu des chrétiens, de son talent, de ses succès, de......

Cette autre est sur la pente de la conversion. Délicieuse cathécumène, elle envoie ses filles aux genoux du saint homme. Or, savez-vous quelle a été la première opération du caffard ? Il a commencé par interdire à ses ouailles la route de la comédie, afin de les diriger plus sûrement dans celle du salut. Il veut aussi que leur mère se retire du théâtre ; il presse cette nouvelle Madeleine d'accomplir ce grand sacrifice. Pleurez Thalie ! pleurez Grâces ! pleurez Amours !

Ainsi l'on a vu les vertueuses vestales et les demi-dieux de l'Opéra, se marier devant le curé de St.-Eustache. De prêtre à comédien il n'y a que la main.

CHAPITRE LXXXIX.

LE VAUDEVILE.

Agréable indiscret qui, conduit par le chant,
Vole de bouche en bouche et s'accroît en marchant.
                                    BOILEAU.

N'ENTREREZ-VOUS pas au Vaudeville?
Sans doute. L'influence de la révolution a été
sensible sur ce théâtre aimable. Les auteurs
des Actes des Apôtres essayèrent en vain de
lui inoculer leurs principes : son berceau fut
entouré d'orages. On avoit calculé avec profondeur l'influence de la chanson sur l'esprit
français. Les directeurs ont senti qu'il ne
convenoit ni à leur intérêt, ni à leur gloire,
d'être les échos d'un parti d'opposition, de
changer la retraite des Jeux et des Ris, en
arène de discussions politiques, de satires et
de personnalités.

Ils ont renfermé la critique dans les bornes
du goût et de la décence. L'atticisme a do-
miné dans leurs compositions, et leur Thalie, foulant aux pieds le masque des furies et

N 3

le poignard de la satire qu'on avoit osé lui présenter , s'est embellie des traits de la Gaieté et de la ceinture des Grâces. — Sous une monarchie, le vaudeville fut appelé l'esprit français, lorsqu'il n'y avoit pas d'esprit public , lorsque le gouvernement détournoit des idées politiques, par les inepties privilégiées, et rivoit nos fers au son des couplets, lorsque notre malheureuse patrie étoit couverte de bastilles et de théâtres, prisons de la pensée.

Le goût accueilloit quelques-unes de ces productions ; mais la morale murmuroit; mais la calomnie , mais l'envie, le vaudeville en main , poursuivit les chef-d'œuvres, et empoisonna les jours de Racine; mais ce fut par des vaudevilles qu'on voulut faire rétrograder l'esprit humain, vengé , agrandi par Voltaire. Apprendrez-vous sans indignation que l'on osa traduire au tribunal d'Arlequin, la Henriade , Œdipe , Mahomet, Brutus. On voulut étouffer la voix de la raison sous le bruit des grelots de la folie : l'amour-propre, d'ailleurs, de la médiocrité y trouvoit si bien son compte : l'on est tellement embarrassé , accablé de sa petitesse auprès d'un grand homme que ne pouvant s'élever jusqu'à lui, on cherche à le ravaler jusqu'à soi. On tâcha de couvrir sa perversité d'un masque moins hideux : c'est alors que la malignité fit naître le vaudeville, et les vices du cœur trouvèrent à se cacher sous les traits de l'esprit.

Sous la république, le vaudeville a mérité ses succès. Il s'est proposé un but moral, il a présenté un intérêt piquant et soutenu. Le bon esprit a succédé au bel esprit sans l'exclure.

A l'intention morale on a su joindre la situation dramatique.

C'est une idée extrêmement ingénieuse que celle de mettre sur la scène les grands hommes du dernier siècle : Collé, Panard, Piron, Favart, Lesage, Dufresny ; le genre du portrait convenoit au vaudeville.

Nous pouvons assurer que ces portraits présentent une grande vérité, une touche spirituelle, un faire facile, et que les auteurs excellent, et dans les portraits à la mode, et dans l'art de draper.

Il est des théâtres pour les yeux et les oreilles, il en est d'autres pour le cœur. Le Vaudeville est le théâtre de l'esprit.

N 4

CHAPITRE XC.

LES TRETEAUX.

Humano capiti cervicem pictor equinam
Jungere si velit, et varias inducere plumas
Undique collatis membris, ut turpiter atrum
Desinat in piscem mulier formosa superne
Spectatum admissi risum teneatis......

HOR.

VENEZ gémir sur la dégradation profonde des mœurs et du bon goût.

Il y a peut-être entre ces deux objets plus de liaison qu'on ne pense. Et ils entrèrent chez....

L'entreprise des treteaux sera toujours une excellente spéculation, tant que les riches seront sots, et tant que le peuple sera grossier.

Reste à savoir jusqu'à quel point il importe au gouvernement que cela soit ainsi.

La monarchie encourage ce trafic de la corruption : c'est là où l'on achève de crever les yeux à ses esclaves ; c'est là que l'on convertit l'abrutissement en plaisir ; c'est l'étable de Circé ; mais Circé cesse d'être là une enchanteresse.

On remarqua , dans le temps, que l'ambassadeur anglais honora, comme on dit, ce spectacle de sa présence. Je le crois. Il devoit être moins embarrassé à la représentation de *Madame Angot* , qu'à celle de *Brutus*.

S'il est vrai, comme l'a observé Rousseau, qu'un spectacle soit un impôt déguisé, qui pèse sur les différentes classes , en raison inverse des fortunes, quel impôt que celui que le pauvre va payer pour acquérir des vices !

Une odeur empestée , exhalée par les lampes, et des groupes suans et entassés, semblent vous avertir de fuir ces lieux.

On s'est élevé avec éloquence contre ces entrepôts d'immoralité, contre ces pièces (et ce reproche convient à presque toutes), où l'on ne voit que des fils débauchés, des valets fripons, des mères et des filles galantes , des vieillards ridicules ; pièces dont les héros mériteroient d'être attachés au pilori, pièce où l'intrigue roule presque toujours sur une escroquerie. Tandis que l'exemple est sur la scène, on pratique la leçon à vos côtés. Souvent vous sortez du spectacle les poches aussi vides que la tête.

Le style est là une fidelle expression des mœurs. Des quolibets sales, des calembourgs janotiques, un dialogue de halles, et de mauvais lieux.

Et cela est si dégoûtant, qu'il feroit horreur au peuple même, si on n'employoit pas, pour l'attirer, d'autres ressorts. On excite sa curiosité par des jeux de funambules, dont le moindre inconvénient est de tuer l'acteur et quelques spectateurs.

La pièce commence par des grimaces, et finit par des convulsions.

Les convulsions formoient la plus grande partie de l'intérêt du drame, long-temps relégué sur ces théâtres.

Tout s'use. On s'ennuya des convulsions : ce système de terreur passa. On mit sur la scène des effets de lanterne magique. Au lieu d'auteurs, on employa des mécaniciens.

La lanterne magique n'attiroit plus : on se donna au diable. On évoqua le génie de la phantasmagorie.

C'est lui qui règne aujourd'hui sur la scène.

On ne l'éclaire plus que par des coups de

tonnerre ou un incendie. Les décorations
sont des tombeaux, des cavernes, des antres
infernaux. Les acteurs sont des spectres, des
fantômes, des revenans, des loups-garoux.
On y voit les diables, non de Milton, mais
de Calot.

On y voit des hiènes, des lions, des
tigres.

Les acteurs qui jouent les bêtes ont bien
l'esprit de leur rôle.

Ces bonnes gens, reprit le bachelier, ne
se doutent pas qu'ils s'associent, sans le
savoir, aux opérations ténébreuses d'une
secte redoutable, qui se propose de ramener,
par le prestige des opérations mystérieuses,
les esprits foibles, et c'est le plus grand
nombre, sous le joug de la plus stupide
superstition. Que, si l'on doutoit de ce
projet, j'ouvrirois devant vous les loges
maçonniques des jésuites, répandus en Allemagne. Vous verriez que les réceptions
diffèrent très-peu des représentations de la
foire ; et si vous suiviez les filons de ces
mines profondes, ils vous conduiroient jusqu'aux pieds des trônes, sur qui l'autel
s'appuyoit autrefois, sous lesquels il se cache
aujourd'hui.

Les romans, les représentations phantas-
magoriques, je ne parle pas ici de celles qu
se proposent d'en montrer le charlatanism
dangereux, ont jeté et nourri des semence
de superstition, que cultive le parti très
formidable de l'ignorance, qui calcule e
qui réduit en principes politiques le dogm
royal et sacerdotal de l'abrutissement d
peuple.

Je me rappelle que l'on proposa, quel
ques années avant la révolution, cette question philosophique : Convient - il que l
peuple soit éclairé ? question qui ne pouvoi
en être une, que pour des esclaves qui dissertent en présence de leurs maîtres. On
n'osa point traiter ce beau sujet, ou du moins
l'envisager sous son véritable point de vue :
c'est qu'il se liait à la constitution politique.
— En effet, un peuple éclairé est un peuple
vertueux; car, lumières, raison et vérités,
sont synonymes. Mais voyez quelle est l'espèce de gouvernement auquel il convient
que le peuple soit vertueux? — Celui de la
république, assurément. Le philosophe a suivi
avec intérêt la représentation de Charles IX,
de Fénélon, etc.... sur ces théâtres qui, de
populaciers qu'ils étoient, sont devenus po-

...ulaires, qui, à côté des foyers de la licence,
...t de la dissolution, ont placé une école de
morale et de liberté.

Honneur à leur dévouement, encouragement à leur zèle!

Deux obstacles se sont opposés à la dif-
fusion de la morale et du goût, par la voie
de l'instruction dramatique. Sans parler du
vide absolu de pièces nationales et dignes
de ce nom, du moins par le style, je dois
observer que la situation locale des théâtres,
placés au centre de Paris et de l'opulence,
que le prix des places et leur distribution
peut-être, ne permettent pas aux classes
ouvrières de les fréquenter.

Cependant, de toutes les inégalités, la
plus facile et la plus importante à effacer,
est l'inégalité des moyens d'instruction.

On a proposé de réduire les théâtres, et
moi, je propose de les multiplier, en les
obligeant à jouer les chef-d'œuvres anciens,
et les pièces approuvées par un jury dramatique, composé de la manière que j'ai
précédemment indiquée. Les chef-d'œuvres
de Racine, de Molière, de Corneille, de
Voltaire, etc. fixeroient la langue et le goût.
Oh! que n'est-il arrivé ce temps où les

vendeuses d'herbes et de poissons pourro
reprendre et corriger nos modernes thé
phrastes!

Les nouvelles pièces, assujéties aux règl
du bon goût, auroient sur les ancienn
l'avantage d'un but philosophique ; elle
nourriroient l'élévation du caractère national
elles inspireroient le respect des loix, l'amou
de la vertu et de l'humanité.

Si le théâtre demeure abandonné à sa
corruption, il faut en restreindre la sphère
et borner le nombre des spectacles.

Si vous vénérez le théâtre ; s'il devient
l'école du goût et des mœurs, il faut multiplier ces écoles et ces chaires d'instruction
d'autant plus énergique, qu'elle s'adresse
aux sens autant qu'à l'esprit et au cœur,
et qu'elle présente les préceptes en action.

CHAPITRE XCI.

LES RÉPUTATIONS ; LES CARICATURES.

Les peintres parlent avec le pinceau.
ANNIB. CARRACHE.

LE diable boiteux resta quelque temps sans revoir le bachelier : il l'acosta devant la boutique d'un marchand d'estampes. Le bachelier regardoit des caricatures : c'est une langue grossière le plus souvent , mais qui n'en devient que plus énergique.

La révolution commença par les caricatures. L'orgueil et l'ineptie de la cour ; l'ignorance ministérielle ; la stupidité bourgeoise ; l'insolence de la noblesse ; le pédantisme de la robe ; l'abrutissement du cultivateur ; l'hypocrisie du clergé ; la sottise en simarre, en pourpre, en bure, en robe, en froc, en pourpoint, fournirent des élémens nombreux et des tableaux piquans.

— Les caricatures indiquent l'esprit du siècle et de la nation. J'ai parcouru celles du temps de la Ligue et de la Fronde : nul génie.

L'idée en est aussi pauvre que le dessin. Elles roulent presque toutes sur des jeux de mots. Ceux de Pasquin et de Marphorio sont plus piquans.

Un lourd vernis d'érudition, une teinte superstitieuse, annoncent la physionomie du siècle et la tournure des esprits.

Les caricatures anglaises, à l'exception des compositions d'Hogarth, sont des bambochades crapuleuses. Je vois dans ces caricatures l'absence des arts, le besoin de distraction honteuse, l'habitude des tavernes, et la hideuseté des mœurs nationales. Les vices des Anglais sont grossiers, ceux des Français sont polis.

Les autres peuples n'ont pas assez de liberté pour avoir des caricatures. Ce genre de composition pronostique un mouvement dans les esprits et bientôt dans l'état. M'expliquerai-je entièrement? Pérorer sur la place publique ou exposer une caricature me paroît une même chose. Encore y a-t-il un avantage du côté de la caricature. Son effet est à la fois prolongé et multiplié. Il frappe, et dans plusieurs endroits et plus long-temps.

Les caricatures que le crayon français et les circonstances ont fait éclore portent bien l'empreinte l'empreinte du caractère national; la touche est spirituelle et forte. C'est une saillie heureuse et presque toujours un trait aussi vrai que court.

Dans ces derniers temps on a donné ce nom à des imitations élégantes, à des tableaux fidèles de nos travers : non, je n'assignerai point le titre de caricatures aux charmantes productions de Vernet. Il a guetté le ridicule au passage, et l'a pris sur le fait.

Que de grâces, et quelle précision de trait! Hélas ! Vernet est peintre d'histoire, et il s'occupe d'une espèce de miniature !

Je me suis rappelé alors ce passage de Rousseau : « La dissolution des mœurs, suite nécessaire du luxe, entraîne à son tour la corruption du goût. Que si par hasard entre les hommes extraordinaires par leur talent, il s'en trouve quelqu'un qui ait de la fermeté dans l'ame, et qui refuse de se prêter au génie de son siècle, et de s'avilir par des productions puériles, malheur à lui! il mourra dans l'indigence et dans l'oubli. Que n'est-ce ici un pronostic que je rapporte. O C...P... le moment est venu où ce pinceau, destiné à orner la majesté de nos temples, par des images sublimes et saintes, tombera de vos

Tome II.   O

mains où sera prostitué à orner de peintures lascives les panneaux d'un vis-à-vis. Et toi, rival des Praxitèles et des Phidias, toi dont les anciens auroient employé le ciseau à faire des dieux capables d'excuser à nos yeux leur idolâtrie inimitable, P... ta main se résoudra à ravaler le ventre d'un magot, ou il faudra qu'elle demeure oisive. »

'Ce genre a sa poëtique : il doit être assujetti aux règles de la décence et du goût. Quelquefois, il faut l'avouer, il s'en est affranchi par une heureuse licence, par un caprice ingénieux : il est dans les arts ce que la satire est dans les lettres. Il faut proscrire la caricature lorsqu'elle offense à la fois le goût et les lois, lorsqu'elle devient l'arme de la vengeance ou de l'odieuse personnalité, lorsqu'elle prend le masque des furies, lorsqu'elle offre l'insulte à la place de l'instruction ; le cinisme à la place du plaisir; le délire à la place de la raison.

Prenez, pour éclairer les hommes, la lanterne de Diogène ; j'applaudis à votre philosophie ; mais si vous armez vos mains du flambeau d'Erostrate, je l'éteins aussitôt, en détestant vos fureurs.

CHAPITRE XCII.

LES GRANDS HOMMES.

Ce monde-ci n'est qu'une œuvre comique,
Où chacun fait des rôles différens.
Là, sur la scène, en habit dramatique,
Brillent prélats, ministres, conquérans.
Pour nous, vil peuple, assis au dernier rang,
Troupe futile et des grands rebutée,
Par nous d'en bas la pièce est écoutée :
Mais nous payons, utiles spectateurs,
Et quand la farce est mal représentée,
Pour notre argent, nous sifflons les acteurs.
J.-B. ROUSSEAU.

A côté des caricatures, étoient suspendus et étalés les portraits de quelques grands hommes.

On l'a dit : Dans les salons, tel passe pour un aigle au bout de la table, que l'on traite d'oison à l'autre extrémité. On siffle dans une coterie ce qu'on applaudit dans l'autre : on brise le lendemain la statue érigée la veille. Ces remarques peuvent

s'appliquer à ce qui se passe dans la grande
société. — Je propose la représentation d'une
nouvelle espèce d'ombres chinoises. Le terrain seroit un sable mouvant, semblable à
celui dont il est parlé dans la dive Pucelle.

Dans leur chemin, la main de la nature
Tend sous leurs pieds un tapis de verdure;
Velours uni, semblable au pré fameux,
Où s'exerçoit la rapide Atalante:
Sur le duvet de cette herbe naissante,
Chaque héros couroit aventureux.
Courant ainsi, l'on pérore, on raisonne;
En raisonnant, on ne vit plus personne.
Chacun fondoit doucement, doucement,
Homme et cheval sous le terrain mouvant.
D'abord les pieds, puis le corps, puis la tête;
Tout disparut : ainsi qu'à cette fête,
Qu'en un palais d'un auteur cardinal,
Trois fois au moins par semaine, on apprête,
A l'Opéra, souvent joué si mal,
Plus d'un héros à nos regards s'échappe,
Et dans l'enfer descend par une trappe (1).

Sur les bords de cette espèce de chape-
chute, je ferois voltiger et disparoître tout-
à-coup quelques réputations de l'ancien régime, voire même du nouveau. *Calonne*,
sémillant, léger jusques dans sa politique,

(1) Chant de Corisandre, édition de 1756.

coiffé de pamphlets, s'évaporeroit comme une fusée volante. *Necker*, bien lourd, tomberoit de tout son poids sur de gros volumes intitulés : Comptes rendus; Administration des Finances; de l'Influence des Opinions religieuses; Mémoire au Roi; Mémoire aux Notables; Mémoire à l'Assemblée; Mémoire à la France; Mémoires sur la Révolution. *D'Espréménil*, plus malheureux, passeroit comme une ombre; *Linguet* le suivroit; *Bergasse* se noieroit dans un baquet magnétique; *Cagliostro* se perdroit dans la vapeur.

 La Fayette s'éclipseroit; *Dumouriez* se précipiteroit; *Pichegru* seroit déporté.

 La vieille divinité de *Mirabeau* s'écrouleroit; *Marat* tomberoit sur *Mirabeau*, *Pétion* sur *Marat*, *Danton* sur *Pétion*, *Robespierre* sur *Danton*, *Carnot* sur *Robespierre*.....

 Cette pièce épisodique seroit accompagnée d'emblêmes analogues aux caractères des personnages. Ici, la nullité et ses hochets; là, l'ambition et ses machines; d'un côté, le ridicule et ses prétentions; de l'autre, l'atrocité et ses échafauds sanglans.......

 Alors la gloire, ou plutôt le génie de la

O 3

France, dissipant ces ombres et tenant dans ses mains les portraits de quelques magistrats sans reproche, et d'un guerrier, que ses exploits et ses vertus nous rendent cher, montreroit, dans un lointain lumineux, le temple de l'Immortalité, avec cette devise : *A ceux qui ont défendu la République sans intérêt, sans vues personnelles, par un pur dévouement à la cause sacrée de l'humanité.*

CHAPITRE XCIII.

LES PRÊTEURS SUR GAGES, OU LA LIVRE POUR SOU.

Auri sacra fames!
VIRG.

LE bachelier lut au détour d'une rue : *Maison de prêt sur nantissement*.... Le diable boiteux le poussa dans l'intérieur. Ils regardent ; ils écoutent. Oui monsieur, voilà mes derniers draps ...... Ils sont fins du moins ; et cette boîte étoit celle de feu mon mari... Ah ! il faut que ma détresse soit bien grande. — Je n'ai pas le temps de faire la conversation, ma bonne. — Oui, certes il faut que ma détresse soit bien grande pour les mettre en gages. — Combien demandez-vous là-dessus ? — Combien cela vous paroît-il valoir ? — Je vous fais la question, et c'est moi qui veux savoir combien vous demandez. — Mais, monsieur, je suis bien malheureuse (et elle pleure). —Que ces gens-là sont ennuyeux : on ne peut savoir ni ce qu'ils disent, ni ce qu'ils veulent. Rendez le paquet à madame.

O 4

Appelez une autre! — Non , attendez. La
boîte a coûté six louis. — Bah! c'est une an-
ticaille. — Ah monsieur..... et les draps en
valent deux. Donnez-moi vingt-quatre francs.
— Allons, voilà douze francs, souscrivez-en
quinze , et si dans un mois vous ne les rap-
portez pas , les effets seront vendus. Jasmin,
mon chocolat. — Monsieur, il est servi dans
le petit salon. — Plusieurs voix : expédiez-
moi monsieur. L'une , mes enfans n'ont pas
de pain ; l'autre, mon père attend un bouillon;
celle-ci, c'est pour un malheureux ; cette
autre , ah ! le besoin le plus affreux .... —
Quand j'aurai déjeûné ; et l'homme de fer
descend lentement, déjeûne négligemment,
s'étend nonchalamment sur un sopha , et ne
remonte qu'au bout de deux heures ......

Ce n'est qu'un commis; mais s'il continue,
s'il atteint encore deux ou trois degrés d'in-
sensibilité , il sera bientôt digne d'être le
chef de cette maison.

Abominable industrie ! Il y a concurrence.
Vous trouverez dans chaque quartier , des
maisons de prêt sur nantissement. La police
les surveille quelquefois : ces maisons sont le
dépôt des objets volés. — Spéculation dés-
honorantes et lucratives ! c'est donc là qu'on

a calculé les bénéfices à faire sur la misère, les produits du besoin, et qu'avec l'horrible joie des démons, on s'empare du dernier lambeau que laisse tomber l'indigence.

Les fortunes bâties sur ces affreux moyens, rappellent le jardin anglais que Delaunay avait fait construire sur les cachots de la Bastille. Les fleurs qu'il y cueilloit avoient pour ainsi dire, leurs racines au sein de ces lieux de désolation, et humectées des pleurs des malheureux, ne s'épanouissoient que sur des tombeaux.

CHAPITRE XCIV.

LE THÉ.

Ils sont si sots , si dangereux , si vains !
Ce tourbillon , qu'on appelle le monde,
Est si frivole , en tant d'erreurs abonde,
Qu'il n'est permis d'en aimer le fracas
Qu'à l'étourdi qui ne le connoît pas.

VOLT.

QUITTONS ces lieux : j'apperçois sur la
ligne de ces cheminées une rotonde de glaces
transparentes , qui couronne une terrasse illuminée avec goût. — Au sein même de l'hi-
ver , des fleurs , que la chaleur des poêles a
fait éclore , y répandent leurs parfums. On y
lâche des oiseaux : leur gazouillement , un
lilas qui sort du milieu de la table , et qui balance sur le front des convives ses grappes
voluptueuses et odorantes , tout , et nous
sommes au mois de janvier, rappelle l'image
du printemps. Remarquez que ces objets
agissent moins par leur délicieuse impression
que par leur rareté, sur cette foule de riches

qui, à force d'accumuler les sensations, finissent par n'en éprouver aucune. Ils sont dans
le cas de ces tristes libertins qui au centre d'un
groupe de femmes sentent redoubler leur
impuissance.— Vous ferai-je part de ma simplicité. Je préfère les petits soupers auxquels
j'assistai dans ma jeunesse, à vos thés mélancoliques. — Il est plus facile de singer un
anglais lourd, qu'un français léger. — On
n'étoit point un grand homme; mais on étoit
aimable. Au fond, même vide, même absence
de caractère et de pensée, mais en général on
y retrouvoit de l'atticisme, de l'urbanité. Le
goût, l'esprit, la grâce, une certaine fleur de
politesse, une élégance exquise de manières,
une délicatesse recherchée, l'art de plaire,
l'art de vivre, y composoient une foule de
jouissances fines et fugitives, dont le charme
indicible échappe à celui qui veut les décrire,
comme le parfum s'évapore sous la main qui
cherche à le fixer. Les mœurs n'étoient point
meilleures, mais les manières valoient mieux.

Les esprits ont-ils gagné en profondeur ?
Je ne sais; mais ils ont perdu en superficie.
On a bien toute la corruption que donnent
les richesses; mais on n'a plus cette facilité
de ton, cette aménité de caractère, cette

attention des bienséances (la bienséance est la sensitive), cet oubli de soi-même, enfin ces égards pour les autres, qui caractérisent l'individu bien élevé, et qui obtenoient, pour l'homme opulent ou supérieur, l'indulgence qu'en bonne morale il est obligé de solliciter.

Dans tous les arts, et sur-tout dans celui de vivre, c'est d'une foule de riens inappréciables, et de minuties importantes, que résulte la perfection des jouissances.

Je vous proteste qu'il y a tel homme, pour lequel sa manière de cracher ou de tousser m'a donné une violente antipathie. Que dirai-je de celui qui n'écoute point lorsque vous lui parlez; qui adresse la parole à un autre, ou vous interrompt pour conter une histoire qu'il interrompt encore; qui rit d'un sot rire; qui, devant des femmes ou de jeunes demoiselles, mêlera, à une conversation intéressante, un jurement grossier, une expression cinique; qui, tout-à-coup, quittera le cercle pour se jeter, ou plutôt pour se rouler sur un sopha, dont il écrase pesamment tous les carreaux, et sur lequel il s'endort et ronfle en votre présence. Celui-ci ne sait ni entrer, ni sortir,

ni marcher, ni s'asseoir, ni regarder : chacun de ses gestes est une gaucherie, chacune
de ses paroles est une sottise. Cependant,
il bourdonne, il importune, il domine, il
écrase. C'est un parvenu.

Du moins, sous l'ancien régime, on siffloit
le maltôtier et les Turcarets ; le mépris
balayoit cette écume, cette ordure brillante.
Aujourd'hui, les Turcarets sont les hommes
les plus importans de la société.

Ils vous donneront un excellent dîner ;
mais ils ne sauront pas le servir.

Les femmes !.... Les femmes sont hommes,
et de voix, et de geste, et de ton, et de
manières. Elles dissertent, vous provoquent,
montent à cheval, s'enivrent, s'abandonnent.

Une femme n'est plus qu'un instrument
de jouissances, qui s'achète comme autre
chose ; que dis-je ! moins qu'autre chose.
Demandez-le à Dorimond : ses chevaux
coûtent plus cher que ses maîtresses.

Et vous êtes républicains !.... Et le berceau de votre constitution s'élève du milieu
de ces élémens impurs, de ces mœurs qui
caractérisoient la plus vile monarchie.

Français ! la gloire vous a rendus la première des nations. Que n'êtes-vous la pre-

mière des nations par les mœurs! — Vous
ne voyez qu'un coin du tableau. En disant
ces mots, le diable boiteux conduisit le bachelier vers des chaumières, vers des maisons simples. Il vit que la médiocrité étoit
la mère des vertus. Il vit des mœurs douces
et simples, polies sans affectation et sans
recherche, faciles sans négligence ; des
hommes remplissant tous les devoirs de
citoyen ; des femmes s'honorant de ceux
d'épouses et de mères. Des larmes coulèrent
des yeux du bachelier... Ah ! dit-il, Paris
ressemble encore à la statue d'or et de
fange que Babouc présenta à l'ange Ithuriel.

CHAPITRE XCV.

L'APOLOGUE OU LE SONGE.

———

Omnia quœ sensu volvuntur vota diurna,
Pectore sopito reddit amica quies.
CLAUD.

LE lendemain, dès que le bachelier revit
le diable boiteux, — La conversation d'hier,
lui dit-il, avoit laissé de fortes impressions
au fond de mon esprit. A peine le sommeil
eut fermé mes yeux, qu'un songe vint occuper toutes mes facultés. Je vis un palais
magnifique; l'or, le jaspe, le porphyre : —
Ah ! grâce de la description, ou je fuis. —
L'or, le jaspe, le porphyre brilloient en
colonnes, en sphinx ; — Encore, — son front
superbe se perdoit dans la nue; — Et ses
fondemens. . . . . — étoient de verre.
Il s'écroule avec un fracas, avec une dé-
tonnation épouvantable. Tel . . . . . . — Tel
l'Etna, le Vésuve . . . . . . — Plus que tout
cela : je crus assister au jugement dernier et

voir se réaliser la description de Mathieu lorsqu'il dit : Les cieux seront roulés comme un livre ; les astres tomberont du ciel en terre ; la mer élèvera ses flots, ils se déborderont et les hommes sécheront dans la frayeur. Au milieu des foudres, des éclairs, je vis un autre palais d'une architecture plus savante et plus simple, sortir de terre. Mais les travailleurs reprirent trois fois les fondemens à chaux, sable et ciment. Pendant ce temps, je me promenois du côté de la basse-cour. O prodige ! Une nuée noire vint à crever, mais ses flancs enchantés versoient l'or, les pierreries à flots, en torrens. Une foule de canards de Barbarie, d'oies grasses, d'outardes, de pintades, d'oisons et de poules-d'eau, étendirent leurs ailes en glapissant : leurs ailes se dorèrent ; une neige diamantée les baignoit, les argentoit de ses riches flocons. Ils ressembloient alors à des paons ou aux plus brillans oiseaux d'Inde. Ils se pavanèrent, se mirèrent dans leur plumage et firent la roue en se rengorgeant. Tout-à-coup, le vent s'éleva, il tomba une forte ondée, mêlée de grosse grêle. Ce beau vernis disparut en un clin-d'œil, je revis les canards et les oisons, qui l'aile endommagée, qui

traînant

traînant la patte, et qui à moitié déplumés. Les architectes et les manœuvres qui travailloient à ériger le nouveau palais, se levèrent. L'heure du dîné avoit sonné et le besoin se faisoit sentir : on tordit le col à quelques oisons et on fit rôtir quelques canards.—Vos descriptions sont nobles. Que de folies! — Que de raisons!

C H A P I T R E　X C V I.

L E S　M O D E S.

> . . . . .Peu de plis, mais faciles.
> Qu'on distingue le nu sous ces formes dociles ;
> Que de ces pans légers l'adresse du ciseau
> Fasse des vêtemens, et non pas un fardeau ;
> Et qu'à l'œil enchanté leur souplesse élégante
> Soit la flamme qui vole ou l'onde qui serpente.
>
> L E M I E R R E.

QUELLE est donc votre extase, dit As-modée au bachelier, qui se promenoit à Bagatelle ?

—J'ai vu, j'ai vu enfin se réaliser les rêves de mon imagination voluptueuse. J'évoquois les fantômes charmans que déssinèrent la plume des poëtes et le pinceau des peintres. Tantôt, sur l'aile ardente des songes, je m'élevois jusqu'à l'Olympe : là, d'un œil enflammé et d'une pensée caressante, je suivois les pas d'Hébé ; je m'enivrois dans sa coupe. Je tombois aux genoux de Vénus ; j'adorois les Grâces ; j'admirois Junon ; j'effeuillois les roses de Flore. Un voile transparent comme le cristal, erroit, sans les cacher, sur ces formes ravissantes. Tous les genres de beautés étoient divisés et comme épars entre ces immortelles. Ici, des épaules accomplies ; là , un col semblable au lys : ici, le corsage de Diane ; là, le pied de Vénus ; là, un sein arrondi par les Amours ; ici, les contours les plus doux. L'œil du désir, la bouche de la volupté, l'éclat, la fraîcheur, la fermeté, le velouté, l'élégance des formes attiroient et partagoient l'hommage.

Tantôt , ressuscitant les prestiges de la poëtique magie, je m'égarois dans le palais d'Alcine ; je contemplois ses charmes enchanteurs, comme les vers de l'Arioste : je suivois le Tasse ; il m'ouvroit les déserts d'Armide et la forêt enchantée : les nymphes et les fées me berçoient.

J'animois, par le même enchantement, les enivrantes créations de l'Albane et du Corrège.

—Ces tableaux sont par-tout exposés à vos regards. Rien ne ressemble mieux à la forêt enchantée , que les bosquets de Tivoli.

Nos couturières sont des peintres, et nos coiffeurs sont des artistes.

P 2

Nos mères de famille ont adopté le costume des danseuses d'Herculanum, et nos
jeunes filles ont revêtu celui des Phryné et
des Laïs. Dans un accès de libertinage, je
puis trouver cela délicieux; mais raisonnons.
Plusieurs considérations doivent influer sur
le costume, chose plus importante qu'on ne
pense. L'une est tirée de la constitution
politique et des mœurs ; l'autre des principes d'hygienne ou de santé ; celle-ci du
climat; celle-là des intérêts du commerce
national et des manufactures; la dernière,
du pittoresque et de l'élégance : mais je
place cette considération à son rang, et je
la subordonne aux autres. L'esprit des loix
somptuaires, par exemple, comme l'a dit
Montesquieu , est celui d'économie et de
frugalité , qui est, à son tour, celui des républiques.

On peut, dans les circonstances actuelles,
faire un gros livre avec cette phrase de
Montesquieu.

Par exemple , dans une monarchie, qui
ne subsiste que par les rangs intermédiaires,
par l'isolement et la division des membres
du corps politique, le luxe, qui annonce la
richesse, laquelle est le partage d'un petit

nombre de privilégiés, doit être encouragé, commandé, en quelque sorte, et d'étiquette. Dans une république, au contraire, plus on penche vers la démocratie, et plus les costumes seront simples. Ils rapprocheront et confondront à l'œil toutes les conditions. Si on tend à l'aristocratie, les nuances se feront sentir; et si une certaine égalité, ou du moins une certaine incertitude ou oscillation dans les fortunes, ne permet pas de se faire remarquer par la richesse des ajustemens, on se fera remarquer par leur forme.

Je m'arrête, et je passe aux considérations que présente l'intérêt du commerce. Je pense très-fermement que ce seroit une très-innocente tyrannie, celle qui prescriroit aux citoyens de porter, non telle couleur, mais bien tels draps, telles étoffes, manufacturés en France, ce qu'il seroit très-difficile d'obtenir indirectement, en faisant peser des impôts très-lourds sur les étoffes dont on voudroit éloigner ou anéantir le débit. Et en cela nous ferions montre d'esprit public. Je ne sache pas que les Grecs, après la défaite des Perses, portassent le costume persan.

P 3

Le climat a une influence marquée. On doit se vêtir différemment sous des zones glaciales, sous des zones brûlantes, sous des zones tempérées. Voilà pourquoi, sous le ciel inconstant de la Grèce, les femmes mêmes portoient un manteau dont elles s'enveloppoient dans les changemens de temps ou de saison.

Alors la nudité de telle ou telle partie ne présentoit aucune idée d'indécence ; les anciens plaçoient l'indécence dans l'attitude, dans le geste, dans la marche, dans le langage. Une loi défendoit aux femmes de paroître en public d'une manière qui ne fût pas conforme à l'exacte bienséance. Mais le législateur n'avoit pas entendu par-là, les obliger à voiler ou le sein ou les bras.

Cependant, il faut expliquer comment ce qui, chez les Grecs, ne parut point choquer les mœurs, les offense parmi nous.

Le désordre est dans ce contraste subit, dans ce passage violent d'une manière d'être à une autre manière d'être. Si nos yeux avoient été accoutumés, dès l'enfance, à cette vue, elle ne produiroit aucun effet. La séduction n'est point là, elle est au fond du cœur. Écoutons Rousseau :

« Pense-t-on qu'au fond, l'adroite parure
» de nos femmes ait moins son danger qu'une
» nudité absolue, dont l'habitude tourneroit
» bientôt les premiers effets en indifférence
» et peut-être en dégoût? Ne sait-on pas
» que les statues et les tableaux n'offensent
» les yeux que quand un mélange de vête-
» mens rend les nudités obscènes? Le pou-
» voir immédiat des sens est foible et borné;
» c'est par l'entremise de l'imagination qu'ils
» font leurs plus grands ravages; c'est elle
» qui prend soin d'irriter les désirs, en prê-
» tant à leurs objets encore plus d'attraits
» que ne leur en donna la nature; c'est
» elle qui découvre à l'œil, avec scandale,
» ce qu'il ne voit pas seulement comme nu,
» mais comme devant être habillé. Il n'y a
» point de vêtement si modeste, au travers
» duquel un regard enflammé par l'imagi-
» nation n'aille porter les désirs. Une jeune
» chinoise, avançant un bout de pied cou-
» vert et chaussé, fera plus de ravage à
» Pékin, que n'eût fait la plus belle fille du
» monde, dansant toute nue au bas du
» Taygète » (1).

(1) Popée, en effet, qui étoit aussi coquette que
belle ; Popée, qui auroit voulu plaire à tous ceux qui

P 4

Enfin l'hygienne, ou les principes de conserver la santé, me paroissent devoir entrer
dans la balance des profonds calculs du
costume.

Papillons voluptueux, ah! ne fût-ce que
pour mieux la perdre, connoissez le prix
de la santé, et pour en jouir, sachez la
ménager. Ces bras ronds ou décharnés, de
pourpre ou de lys; ces épaules inégales ou
parfaites; cette gorge, trésor ou épouventail
des amours, il faut les montrer, dites-vous;
il le faut en dépit du moraliste qui les lorgne:
c'est la mode: ce mot, ce talisman magique,
c'est la mode, répond à tout. Et vous-même,
sublime critique, n'avez-vous pas courbé
votre tête superbe sous le ciseau de la mode?
N'emprisonnez-vous pas vos jambes dans des
bottes collantes et pointues; votre col dans
dix mouchoirs; votre poitrine dans trois gilets, et si je tremble de froid, n'étouffez-vous

la regardoient, portoit un voile qui lui cachoit la moitié
du visage. Tel est le pouvoir décevant du caché, et
l'empire de ce qu'on ne voit pas, que malgré tous
les charmes étalés à nos regards, si les femmes à
nos yeux paroissoient toutes nues, et qu'elles cachassent
seulement le doigt, ce seroit ce doigt qu'on voudroit
voir. LANGLE. (*Note du Docteur.*)

pas de chaud? Ne répondrez-vous pas à votre tour : c'est la mode. La mode tient de la nature du vent, et vous et moi, monsieur, nous tenons de celle des girouettes, en qualité de français et d'habitant d'un climat inégal et inconstant : le vent souffle, il faut tourner. — Hélas, madame, quand le sens commun sera-t-il une mode? Mais composons : Adorateur de la beauté et des arts, j'idolâtre votre costume, il est charmant : ajoutez à votre parure ce que j'ôterai de la mienne, et nous voilà parfaits. Je supprime ma double cravatte, toutes mes cravattes, si vous daignez en faire un mouchoir de poche ; le sacrifice de deux gilets pourra-t-il obtenir de vous l'agrément d'une chemise aussi transparente qu'il vous plaira. Votre coiffure me plaît et je garderai la mienne, parce qu'elle fut celle des Grecs et des Romains qui se connurent en élégance, parce que c'est celle de la nature, parce qu'elle convient aux artistes. Les formes de votre ajustement laissent briller les vôtres : à merveille. Si avec ce costume vous pouvez conserver de la simplicité, de la modestie et de la pudeur (1) vous serez ravis-

(1) Quand on pourroit nier qu'un sentiment particulier de pudeur fût naturel aux femmes, en seroit-il

sante. Je ne vous demande plus, madame, que de porter un manteau pour vous garantir de la fraîcheur et des rhumatismes. J'ose vous supplier de vous parer par préférence des

moins vrai que dans la société, leur partage doit être une vie domestique et retirée, et qu'on doit les élever dans des principes qui s'y rapportent? Si la timidité, la pudeur, la modestie, qui leur sont propres, sont des inventions sociales, il importe à la société que les femmes acquièrent ces qualités ; il importe de les cultiver en elles, et toute femme qui les dédaigne offense les bonnes mœurs. Y a-t-il au monde un spectacle aussi touchant, aussi respectable, que celui d'une mère de famille entourée de ses enfans, réglant les travaux de ses domestiques, procurant à son mari une vie heureuse, et gouvernant sagement sa maison? C'est là qu'elle se montre dans toute la dignité d'une honnète femme ! C'est là qu'elle impose vraiment du respect, et que la beauté partage avec honneur les hommages rendus à la vertu ! Une maison dont la maîtresse est absente, est un corps sans ame, qui bientôt tombe en corruption. Une femme hors de sa maison, perd son plus grand lustre, et, dépouillée de ses vrais ornemens, elle se montre avec indécence. Si elle a un mari, que cherche-t-elle parmi les hommes? Si elle n'en a pas, comment s'expose-t-elle à rebuter, par un maintien peu modeste, celui qui seroit tenté de le devenir? Quoi qu'elle puisse faire, on sent qu'elle n'est pas à sa place en public, et sa beauté même, qui plaît sans intéresser, n'est qu'un

productions de l'industrie nationale, attendu que votre mari ou vos amans gagneront à cela même plus d'argent ; je ne vous parle pas du civisme qui vous embelliroit à mes

tort de plus que le cœur lui reproche. Que cette impression nous vienne de la nature ou de l'éducation , elle est commune à tous les peuples du monde : par-tout, on considère les femmes à proportion de leur modestie ; par-tout, on est convaincu qu'en négligeant les manières de leur sexe , elles en négligent les devoirs ; par-tout, on voit qu'alors tournant en effronterie la mâle et ferme assurance de l'homme , elles s'avilissent par cette odieuse imitation, et déshonorent à-la-fois leur sexe et le nôtre. Je sais qu'il règne, en quelques pays, des coutumes contraires ; mais voyez aussi quelles mœurs elles ont fait naître. Je ne voudrois pas d'autre exemple pour confirmer mes maximes. Appliquons aux mœurs des femmes ce que j'ai dit ci-devant de l'honneur qu'on leur porte.

Chez tous les anciens peuples policés, elles vivoient très-renfermées ; elles se montroient rarement en public ; jamais avec des hommes ; elles ne se promenoient point avec eux ; elles n'avoient point la meilleure place au spectacle, elles ne s'y mettoient point en montre, il ne leur étoit pas même permis d'assister à tous ; et l'on sait qu'il y avoit peine de mort contre celles qui oseroient se montrer aux jeux Olympiques. Rousseau. (*Note du Docteur.*)

regards. Aspasie, Corinne, Sapho, Hyppar-
chia, Telesilla, ces grecques charmantes
dont vous vous ferez conter les aventures,
ne rougirent point de s'appeler et d'être
citoyennes.

CHAPITRE XCVII.

LES FÊTES, LES RENTIERS, LA BOURSE DE FAMILLE.

> Je ne suis jamais plus convaincu qu'il existe en moi une ame, que quand je me trouve au milieu des accidens funestes.
>
> STERNE.

OPPOSEZ à ces extravagances publiques les malheurs particuliers : faites contraster avec le tableau des futilités de nos fêtes et des modes, celui de la désolation profonde où se trouve plongée la nombreuse famille des rentiers et de tant de malheureux, vous prononcerez alors ce beau vers de Sémiramis :

Ici l'on nous admire, ailleurs nous gémissons.

— Une image forte m'a frappé en promenant mes rêveries au milieu de ces groupes insensibles et folâtres auxquels le plaisir semble attacher ses livrées et ses ailes, au milieu de ces êtres qui n'ont que des sens et n'ont point d'ame; qui ne sont ni peuple, ni citoyens, ni hommes; qui se placent au-dessous même de l'égoïste, de l'animal avide

et sensuel, au-dessous du rien. Espèce d'é-
phémère social qui brille un instant, bourdonne et retombe. J'ai cru voir pâlir la
clarté des illuminations ; ces flambeaux de
l'amour et du plaisir ne versoient qu'une
lueur sinistre, blafarde, ensanglantée ; des
gémissemens sourds, importuns, prolongés,
sortoient du sein de la terre, du creux des
arbres, et se prolongeoient en échos lamen-
tables ; des ombres sembloient errer, plonger
dans l'espace et se rejoindre à de sombres
nuages qu'un vent impétueux balançait sur
toutes les têtes. Il se fit un vaste silence : Un
spectre perça la terre. Hideux comme le
génie des vengeances, il tenoit dans sa main
un miroir immense où il forçoit chacun de se
regarder. Alors la plupart de ces êtres charmans paroissoient affreux ; la plupart de ces
parures délicieuses paroissoient dégoûtantes.
presque toutes étoient formées de lambeaux
sales et déchirés : sur l'un on lisoit : *prix de
la prostitution* ; sur un autre : *prix de l'a-
giotage* ; sur celui-ci : *dépouille de vingt
familles* ; sur celui-là : *récompense de la
corruption ...... de la trahison.. ... du
vol.....de tous les vices..... de tous les
crimes.* Ils continuoient de danser, et ce ta-

bleau étoit aussi déchirant que le mouvement du ballet, dessiné sur le même air, qui
exprime l'affreux désespoir d'Alceste. Ils continuoient à s'enivrer, et je remarquai que le
spectre leur donnoit à boire les pleurs des
malheureux qui, pâles, nus, échevelés,
regardoient et pleuroient. Le spectre sourioit
d'un sourire atroce.

Quelques-uns, en petit nombre, échap-
poient au véridique miroir : une bannière
flottait au centre de ce dernier groupe. Sur
la bannière on distinguoit l'inscription suivante : *Peuple de singes et de fous.*

Mais pourquoi avoir recours à la fiction.
La réalité, l'affreuse réalité n'est-elle pas
sous vos yeux. Cet homme qui mendie à la
porte du cloître de.... a été millionnaire!...
ce millionnaire a été.... lecteur, écrivez le
mot.

Ah! loin de nous, loin de nous la pensée
de vouloir par ces désolantes peintures nour-
rir les haines, exaspérer les cœurs déjà trop
aigris, et révolter contre l'ordre de choses
établi, dans lequel au contraire il faut s'asseoir et se reposer. Insidieux ennemis, vils
dénonciateurs, ne prenez pas le change sur
ces vœux ardens d'un ami de la philosophie

et des hommes. Ah! quels que soient à l'égard
des rentiers, par exemple , les torts du gouvernement, qui avec plus d'économie et
par des moyens que les circonstances n'ont
pas laissé en sa puissance, auroit pu se rat-
tacher cette classe qui auroit été son plus
ferme défenseur, puisqu'elle auroit tout tenu
de lui, ce n'est pas en exagérant ses torts,
que l'on fermera des plaies sur lesquelles
il faut verser l'huile, et non pas du poison.

Je me propose, au contraire, de persuader
aux hommes, et vous applaudirez à l'intention de ce projet, si vous en blâmez
l'exécution ; je voudrois persuader aux
hommes, que quelle que soit la forme de gouvernement sous laquelle ils vivent (j'assigne
dans d'autres ouvrages, la forme de gouvernement la plus favorable au développement de la perfectibilité humaine), ils doivent
non-seulement ne pas se faire le mal qu'ils ne
voudroient pas éprouver, principe trop mé-
connu, quoique trivial à force d'être vrai,
mais encore se faire le plus de bien possible,
parce que dans cette mise générale, chacun
seroit sûr de recueillir, parce que, vu l'in-
constance des choses humaines, vu les événemens qui découlent et de la foiblesse de
notre

notre constitution et de nos moyens, et de
la force des choses et des volontés su-
prêmes de la fatalité, et du hasard qui règne
en despote sur nos destinées ; je ne parle
pas du plaisir, de la volupté de l'ame attachée à ces ineffables jouissances; je ne parle
que de ton intérêt, homme vil : il importe
pour toi-même, encore plus que pour les
autres, que tu sois bienfaisant et sensible,
j'allois dire, juste (1).

Il est une institution touchante que j'aurois dû appeler l'institution du malheur, si
elle n'étoit pas une loi naturelle et morale.

Pourquoi tous les membres d'une famille
ne seroient-ils pas solidaires, pour soulager
leurs vieux parens, ou le malheur, lorsqu'il seroit bien évidemment prouvé que les
membres qu'il frapperoit ne l'auroient point
mérité? Et ne voyez-vous pas que dans cette
solidarité, il y auroit autant de chances

(1) Argent, argent, tu produis tous les maux,
tous les fléaux de la terre ! Pour exprimer tout le mal
du monde, il ne faudroit qu'un mot, un mot suf-
firoit, et ce mot seroit, *argent*.

Don du Saint-Esprit ! vertu sacrée, mine de jouissance, *Sainte Humanité*, je te remercie : tu fais
mon bonheur. Oui, mille fois heureux, plus heureux

Tome II. Q

pour vous que contre vous. Qui peut connoître ce que le destin lui réserve? qui peut
savoir ... Ah! croyez-moi, croyez ces vers
du poëte :

> . . . . Sois bon, sois généreux!
> Le bonheur appartient à l'homme vertueux.
> Insecte fugitif, c'est en vain que tes ailes
> Dardent d'un or changeant les vives étincelles.
> Ne t'enorgueillis pas de cet éclat trompeur!
> Tout change, tout s'écroule; on reste avec son cœur.
> Le seul bien qu'on a fait entoure notre asyle :
> Il réjouit la tombe, embellie et tranquille!
> Homme, sois bienfaisant, c'est la seule grandeur.
> Aime-toi dans autrui! Cet Irus est ton frère :
> Par pitié sur toi-même, assiste sa misère;
> Va du bonheur d'un autre obtenir ton bonheur.

Solidarité des familles; solidarité des amis;
combien cette institution, qui ne peut être
que volontaire, épargneroit de maux à la triste

qu'on ne peut comprendre, l'homme qui méprise
l'argent, déteste l'argent, foule aux pieds des sacs
d'or, crache sur un million, donne sans cesse ses
habits, ses bijoux, tout ce qu'il a, et qui ne met
au plaisir ravissant de donner, d'autres bornes que
l'impuissance!

C'est la misère, c'est le manque d'ouvrage qui
peuplent les forêts; c'est la misère qui aiguise les
stilets, les poignards; c'est la misère . . . . . Et sur
mille malheureux qu'on étrangle par semaine, depuis

humanité. Foibles mortels! serrez-vous, ap-
puyez-vous les uns sur les autres dans le malheur. Que ne puis-je former, de tous les
cœurs, une chaîne contre laquelle il vien-
droit se briser !

Projet sublime, mais impraticable, direz-
vous. Je vous entends, vils égoïstes; vous,
qui ne comptez vos plaisirs que par les
peines d'autrui; vous, qui fuyez à l'aspect
du malheureux, parce que ce spectacle offense, non pas votre sensibilité, mais vos
yeux. Vis seul, insensé, pour mourir seul,
sans être plaint ni regretté; bois au bord
de la coupe de l'illusion le bonheur, au
fond est l'amertume et le poison que te broie
la fatalité: sois heureux de ces jouissances,
qui ne sont pas dans toi, qu'un souffle pour-

Abo jusqu'au Cap Finistère, les trois quarts se font
pendre pour ne pas mourir de faim....

Chaque fois que midi sonne, et qu'on songe que
des milliers de malheureux ne dineront pas faute de
pain, cela fait mal.

Si j'étois riche, j'aurois toujours à ma table vingt
à trente pauvres que je nourrirois jusqu'à ma mort.

Si j'étois roi, et que dans une de mes villes quelqu'un mourût de misère, je ferois assembler tous les
riches et les ferois décimer (*).

(*) Langle, *Voyage en Espagne.*

roit te ravir ; foule aux pieds les jouissances
de l'esprit et de l'ame qui, seules, sont en
toi ; vas, je te laisse à tes plaisirs, s'il en
est que l'ennui, l'ennui vengeur ne vienne
pas corrompre. Je m'adresse à vous, cœurs
purs, s'il en est encore ; à vous, dont l'ame
n'a point encore bu les préjugés et les passions factices, introduites par la société ; à
vous, heureux enfans de la nature, bon
jeune homme, femme sensible, consolez mes
regards et ma pensée fatigués de tant d'i-
nepties barbares ou ridicules. Pour vous, le
breuvage le plus délicieux, les mets les
plus exquis seroient insipides, si votre aïeul,
cette source respectable de vos jours, si votre
mère qui alaita votre enfance, si l'ami de
votre cœur languissoient dans les privations.
Honnête Euphémon, je ne t'ai point rencontré dans cette brillante cohue, tu n'as
partagé aucune de ces éclatantes folies, aucun de ces délires monstrueux ; le travail
et l'économie t'ont donné la richesse, les
mêmes principes l'ont conservée, tu l'en-
noblis par l'usage, et tu la rends respectable par ton caractère. Tu n'as point frustré
tes légitimes créanciers ; ta délicatesse a pris
pour elle la part des sacrifices ; on t'a béni.

Ce n'étoit qu'un acte d'équité et non de bienfaisance ; tu l'as fait moins par respect pour
le malheur , que par respect pour ta propre
vertu ; tu rends à tes pères les soins qu'ils
eurent de ta jeunesse ; le vieux domestique
qui t'a servi , te sert encore à table. Ton
instituteur occupe chez toi, la place d'honneur ; tu lui dois la vie de l'ame ; tu es
agriculteur : c'est aux champs que l'amant
de la nature doit vivre ; là, tu jouis d'elle,
de toi, du bonheur de ta famille. Tes re-
venus sont consacrés à améliorer, à em-
bellir le coin de terre que tu possèdes, à
tenter les expériences utiles, à fournir aux
autres, à ceux qui t'approchent, des moyens
de travail et d'industrie.

L'humanité, voilà ta religion ; tu respectes
les lois , elles te protègent. Tu gémis sur
les passions des hommes ; toutes tes passions sont généreuses. Les partis te res-
pectent : tu es du parti de la vérité.

Chacun de tes discours est une lumière ;
chacune de tes actions est une vertu.

Je t'ai vu : la joie se réfléchissoit sur tous
les traits de ta physionomie expansive ; mais
c'étoit le bonheur que tu donnois qui faisoit
ta joie.

Je t'ai vu : je t'ai admiré comme on admire un arbre chargé de fleurs et de fruits, que l'on est étonné de trouver dans un désert.

———

(Ici le manuscrit manque : il ne nous apprend pas comment le Diable boiteux et le Bachelier se séparèrent et ce qu'ils devinrent. On a présumé que le Bachelier étoit devenu officier municipal dans la petite commune de.... et un mauvais plaisant ajoute que le Diable se logea dans la bourse des rentiers. Nous promettons la suite, s'il en sort.) (*Note de l'Editeur.*)

Fin du deuxième et dernier Volume.

TABLE

DES CHAPITRES

Contenus dans ce second Volume.

Tome II.   R

Fin de la Table du deuxième et dernier
Volume.

ERRATA.

TOME I.

Page 66, *épigraphe*, ni discut e, *lisez* qui discute.
—— 261, *épigraphe*, *lig.* 6, cicco, *lisez* cieco.
—— *Ibid. lig.* 7, chi desin, *lisez* chi desia.

TOME II.

Page 1, *épigraphe*, *lig.* dernière, et son souffle, *lisez* en
leur souffle.
—— 177, *épigraphe*, *lig.* première, unique étude, *lisez* étude
unique.

VOYAGES

Qui se trouvent à Paris, chez BUISSON, Libraire-Imprimeur, rue Hautefeuille, n°. 20.

VOYAGE DU CI-DEVANT DUC DUCHATELET, EN PORTUGAL, où se trouvent des détails intéressans sur ses Colonies, sur le Tremblement de terre de Lisbonne, sur M. de Pombal et la Cour, revu, corrigé sur le Manuscrit, et augmenté de notes sur la situation actuelle de ce Royaume et de ses Colonies; par *J. F. Bourgoing*, ci-devant Ministre pléni-potentiaire de la République Française, en Espagne, Membre associé de l'Institut National; 2 vol. in-8º. avec la Carte du Portugal et la Vue de la baie de Lisbonne, gravées en taille-douce, 5 francs 50 centimes, broché; en papier vélin, 11 francs. — 1798.

VOYAGE DANS L'INTÉRIEUR DE LA CHINE ET EN TARTARIE, fait dans les années 1792, 1793, 1794; par *Lord Macartney*, Ambassadeur du Roi d'Angleterre auprès de l'Empereur de la Chine. — Avec la Relation de cette Ambassade, celle du Voyage entrepris à cette occasion par les vaisseaux le *Lion* et l'*Indostan*, et des détails très-curieux sur les Colo-nies Espagnoles, Portugaises et Hollandaises, où ces vaisseaux ont relâché, etc. traduit de l'anglais, avec des notes, par *J. Castéra*, auteur de la *Vie de Catherine II*. SECONDE ÉDITION. 5 vol. in-8º. de 2000 pages, avec 38 planches et trois belles cartes, gravées en taille-douce, par *Delaunay* et *Tardieu* l'aîné. 24 francs; en papier vélin, 48 francs. Le tome 5 se vend séparément 6 francs aux per-sonnes qui ont les 4 volumes de la première édition. Ce tome 5 contient 31 nouvelles planches, gravées en taille-douce, et 300 pages de texte, qui n'étoient pas dans la première édition. — 1798.

VOYAGE en Hollande et sur les Frontières occidentales de l'Allemagne, fait en 1794, suivi d'un Voyage dans les comtés de Lancaster, le Westmoréland et le Cumberland: Ouvrage dans lequel on trouve des détails sur les Mœurs, le Caractère, les Ressources, les Richesses, les Produc-tions, le Commerce des Habitans de ces contrées, sur les diverses Opérations militaires des Généraux Français et Ennemis dans la présente guerre; le Siège de Mayence par Custines, etc. par *Anne Radcliffe*, auteur de la *Forêt*; traduit de l'anglais par *A. Cantwel*. SECONDE ÉDITION. 2 vol. in-8º. 5 francs. — 1798.

VOYAGE en Angleterre, en France, dans le cours de l'année 1790; par *Georges Forster*, avec des notes critiques sur la Politique et les Arts, par *Charles Pougens*. 1 vol. in-8º. avec 10 planches, gravées en taille-douce, 4 francs 50 centimes. — 1796.

VOYAGE de la Chine à la côte nord-ouest d'Amérique, faits dans les années 1788 et 1789, précédés de la relation d'un autre Voyage, exécuté en 1786, sur le vaisseau le

Nootka , parti du Bengale ; d'un Recueil d'observations sur la probabilité d'un passage Nord - Ouest , et d'un Traité abrégé du commerce entre la côte nord-ouest et la Chine, etc. par le capitaine *J. Méares* , comandant le vaisseau la Félice ; traduit de l'anglais ; par *J. Billecocq.* 3 vol. in-8o. avec un vol. , grand in 4o. , contenant 28 cartes géographiques , Vues , Marines , Plans , Portraits , gravés en taille-douce par le citoyen *Née* , graveur des *Vues de la Suisse* ; 20 francs — 1795.

VOYAGES en France pendant les années 1787 , 1788 , 1789 et 1790 , entrepris plus particulièrement pour s'assurer de l'état de l'Agriculture , des richesses , des ressources et de la prospérité de cette nation ; par *Arthur Young* ; traduit de l'anglais , par F. S. avec des notes et observations , par *'s Cazeaux* , et des cartes géographiques de la Navigation du climat et du sol de la France. SECONDE ÉDITION , avec des corrections très-considérables , et augmentée d'une nouvelle carte enluminée. 3 vol. in-8o. 15 francs.

VOYAGE au Cap de Bonne-Espérance , et autour du Monde , avec le capitaine Cook , par *A. Sparmann ;* traduit de l'anglais par M. *Letourneur.* 3 volumes in-8o. avec beaucoup de planches. 15 francs. (*Il n'en reste que douze exemplaires.*)

VOYAGE en Italie , par *Duclos* , de l'Académie Française. 1 vol. in-8o. 3 francs 5o centimes.

VOYAGE dans les États-Unis de l'Amérique ; par *Smith.* 2 vol. in-8o. 5 francs 5o centimes.

VOYAGES philosophiques et pittoresques sur les rives du Rhin , à Liège , en Brabant , en Flandre , en Hollande , en Angleterre , fait en 1790 , par *Georges Forster* , l'un des compagnons de Cook ; traduits de l'allemand par le citoyen *Pougens* , avec des notes sur la physique , la politique et les arts. 2 vol. in-8o. 9 francs. — 1795.

NOUVEAU Voyage dans les États-Unis de l'Amérique Septentrionale , fait en 1788 ; par *J. P. Brissot-Warville* , député à la convention nationale. 3 vol. in-8o. 15 francs. (*Il en reste 15 exemplaires.*)

LONDRES et ses environs , ou le Guide des Voyageurs , curieux et amateurs dans cette partie de l'Angleterre. Ouvrage fait à Londres. *Seconde Édition* ; 2 vol. in-12. avec 10 planches. 7 francs.

VOYAGE du Gouverneur Philip à Botany-Bay , avec la description de l'établissement des colonies du port Jackson et de l'île de Norfolk ; traduit de l'anglais. 1 vol in-8o. 4 francs 5o centimes. Il y en a peu d'exemplaires. — 1791.

VOYAGE à l'île de Sumatra , où l'on traite du gouvernement , du commerce , des arts , des loix , des coutumes et des mœurs des habitans , par *William Marsden* ; traduit de l'anglais sur la seconde édition , avec des cartes. 2 vol. in-8o. 7 francs.

MÉMOIRES Historiques et Politiques des Voyages du comte de Ferrières Sauvebœuf , faits depuis 1782 jusqu'en 1789 , en Turquie , en Perse et en Arabie. 2 vol. in-8o. 6 fr. 5o c.

www.ingramcontent.com/pod-product-compliance
Lightning Source LLC
Chambersburg PA
CBHW070506030726
47503CB00004B/1177